結界師の一輪華3

クレハ

角川文庫
23668

目次

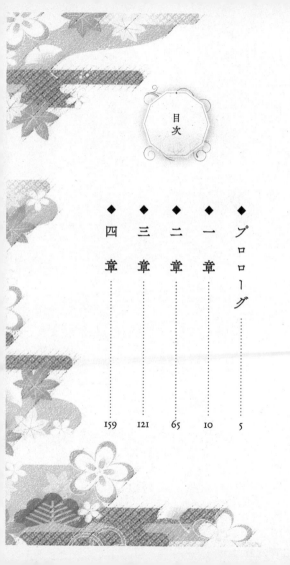

プロローグ

そこは国内にある、とある山。

木々が生い茂り、太陽が高い位置にあるにもかかわらず薄暗い山の奥深くで、それは行われていた。

術者協会による、四色《よんしき》から五色へと昇級するための試験だ。

試験内容はこの山に住まう妖魔《ようま》を祓《はら》うこと。

しかし、五色への昇級試験だけあって、この山にいるのはただの妖魔ではない。

幾人かの術者が挑むも、祓うことが叶《かな》わなかった妖魔なのである。

これ以上の被害者を出さぬために山に結界を張って妖魔を封じ、討伐を五色の術者に依頼しようとしていたところ、ちょうど五色への昇級を望む者が出てきたために、試験の課題へと変更された。

今回、五色の試験に挑戦しているのは、三光楼雪笹《さんこうろうゆきざさ》。

雪のように白い髪と凛々《りり》しさを感じさせる意志の強い目を持った青年だ。

スラリとした長身で、モデルのように端整な顔立ちをしている。

二十四歳という年齢ながら、すでに次期当主に指名をされている三光楼の御曹司《おんぞうし》だ。

雪笹がこの山に入って、すでにずいぶんと時が経っていた。

五色の試験を受けるだけあって、雪笹は決して弱いわけではない。

それなのに時間がかかっているのは、つまりそれだけ強い妖魔であることを意味している。

なかなか妖魔を倒せない雪笹に、山に結界を張っている術者達は心配していたが、定期的に山を下りてきて報告をしているので、今のところ試験は続いている。

これ以上かかるなら試験の中止もありえるが、雪笹自身は続行を望んでいた。

五色の術者になるのが難しいのは雪笹も承知の上。

最高位の五色の術者とは術者の最後の砦《とりで》なのだ。

この程度の妖魔を討伐できなくては五色を名乗ることなど許されない。

実際に、すでに五色を得ている術者達は、この山に住むのより強い妖魔と戦う機会もざらにある。

五色の漆黒を得るのが簡単では意味がないのだ。

だからこそ、五色の漆黒を持つ術者は尊敬され畏怖《いふ》される。

一進一退を繰り返しながら、雪笹は妖魔と戦い続けた。

そしてようやく妖魔との決着がつき、満身創痍《まんしんそうい》で山を下りると山に結界を張っていた術者達が出迎える。

「お疲れ様でございます」

「妖魔は無事に討伐した」

雪笹の言葉に、術者達はにわかにざわめく。

「おお！　それはおめでとうございます！」

妖魔を一人で祓えたということは、試験に合格したことを意味する。

術者の一人が雪笹に恭しく差し出したのは、漆黒のペンダント。

雪笹は不敵な笑みでそれを受け取ると、自らがそれまでつけていた瑠璃色《るりいろ》のペンダントを外し、漆黒のペンダントを首から下げた。

まるで元よりそこにあったかのように、黒く輝く漆黒のペンダントを身につけ、雪笹は満足そうにした。

「やっと手に入れた。少々朔《さく》に遅れを取ったが追いついたな」

ニヤつくのを抑えきれずにいる雪笹に、術者の一人がおそるおそる口にする。

「朔様というと、あなたが山に籠《こ》もっている間に一《いち》ノ宮《みや》を継ぎ、ご当主になられましたよ」

「なんだと。それは本当か？」

雪笹はひどく驚いた様子で聞き返す。

「ええ」

「だが、あいつはまだ結婚していないだろ。柱石の結界はどうするつもりなんだ」

「いえ、すでにご結婚なさり、柱石の引き継ぎは完了していると聞いております」

「はあ⁉」

雪笹はこの時ばかりは体の疲労も忘れて大きな声を上げる。

それだけ雪笹には信じられないことのようだ。

「あいつが結婚したとか、まじかよ。いったいどこのご令嬢だ？」

雪笹は一瞬思案した後、納得したような顔をする。

「あー、そう言えば、一ノ宮の分家に人型の式神を持つ女がいたな。ずいぶんと優秀だと聞いたことがある。最年少で瑠璃色を手にした一瀬《いちせ》の嫡男の妹だったな。そいつか」

なるほどと呟《つぶや》く雪笹に、またもや言いにくそうに術者の一人が口を挟む。

「おそらく雪笹様のおっしゃっている妹とは別の妹だと思いますよ」

「ん？　どういう意味だ？」

「妹は妹でも、優秀と言われている妹の方ではなく、落ちこぼれで有名な妹の方とご結婚されたようです」

「は？」

意味が分からない雪笹は首をかしげた。

一章

一瀬家では、華《はな》も葉月《はづき》もいなくなった屋敷で、両親が苛立《いらだ》ちを隠せずにいた。

屋敷の使用人はとばっちりを食らいたくないとばかりに、二人がいる部屋には近付かないようにしていたため、周囲はしんと静まり返っている。

しかし、二人の知らぬところでは葉月が出ていったことが広まり、使用人達は口々に噂していた。

「とうとう葉月様が家を出たらしいわよ」

「うっそ、本当に？　でも仕方ないわよね。むしろやっとかって感じ」

「葉月様に対するなさりようは、教育というより虐待だったものね。そりゃあ、葉月様も嫌になるわよ。旦那《だんな》様達ももう少し葉月様に寄り添っていればよかったのに、追い詰めるばかりだったもの」

「しっ！　旦那様達に聞かれたらまずいわよ」

使用人達がそんな話をしているとは知らぬ父親は、じっと座っていられないのかグルグルと部屋の中を練り歩き、母親は爪を噛《か》んで冷静さを取り戻そうとしているようだった。

親不孝な華が突然やって来たので、とうとう一ノ宮から追い出されたのかと思ったら、葉月を連れて出ていってしまった。

葉月はこれまで親の言うことを聞く自慢の娘だったというのに、あろうことか、苦労してやっと話をつけた結婚をしたくないなどと言い出した。

これまで親に逆らったことのない葉月の反逆とも取れる行動に、両親は怒り心頭に発した。

きっと華の悪い影響を受けたに違いないと、確信している。

そこに葉月を心配する気持ちがわずかばかりでもあればいいが、両親の中に葉月をおもんぱかる心は微塵《みじん》もなかった。

ただただ葉月が自分達に逆らったことが信じられず、そして不満でならない。

葉月はどうやら本家にいるらしい。

何故両親が知っているかというと、当主である朔の母親の美桜《みお》から、今後は葉月を一ノ宮の屋敷で住まわせると報告があったからだ。

有無を言わせない事後承諾。

端《はな》から両親の意見など必要ないというように、用件だけを述べて電話は切られた。

そんな一瀬を軽んじる美桜の対応についても彼らは憤慨していた。

「きっと華にそそのかされたに違いない。そうだ、それ以外にあの葉月が私達に楯突《たてつ》く理由があるはずがないんだ」

「ええ、そうですとも」

どこまでも己を顧みない自分勝手な両親は、自分達に原因があるなどと思いもしない。

使用人にすら葉月が出ていった原因がどこにあるかは明白だったというのに。

「華の奴め。どこまで一瀬家の邪魔をすればいいんだ！　やはりとっとと養子に出しておくべきだったんだ。葉月がどうしてもと駄々をこねるから置いてやったのに、恩を仇《あだ》で返して、なんて娘だ！」

両親の不満は華へと注がれていた。

「本家に苦情を入れましょう！　華が当主の妻だというなら、越権行為がすぎると訴えることもできます。葉月は一瀬の人間なのですから」

「あ、いや、しかし……。相手は本家だ。本家の不興を買うわけには……」

先ほどまでの勢いはどこへやら、途端に口ごもる父親に、母親は目をつり上げた。

「あなた！　そんな弱気でどうするのですか。このままでは葉月が奪われてしまいますよ！」

「そんなことは分かっている！」

そんな怒りがくすぶる部屋に突如声が響く。

「失礼します」

そう声をかけて入ってきたのは、ここ数日間仕事で家を空けていた、華と葉月の兄である柳《やなぎ》だ。

柳は入ってすぐの襖《ふすま》の側に座った。

最年少で瑠璃色を手にした才能のある柳は、家の再興を夢見ている両親にとったら希望であるはずなのに、葉月に対する熱の入れようから考えるとひどく冷たくされている。

そもそも一瀬を成り上がらせたいというなら、とっとと柳に家長の座を明け渡すのが最良なのだ。

柳は当主である朔からの覚えもめでたく、朔がよく柳を頼って仕事を与えているのは誰もが知るところなのだから。

しかし、父親はそうしない。

未《いま》だその地位にしがみついている。

そんな父親は、親とは思えない冷めた眼差《まなざ》しを柳へと向けた。

「ああ、お前か。今は忙しい。なんの用事だ？」

「葉月が家を出たようですね」

柳はただ問いかけただけだったが、その冷静さが父親の癇《かん》に障った。

「それがなんだ！　私のせいだとでも言いたいのか!?」

「……ただの確認です」

忌々《いまいま》しそうに鼻を鳴らした父親は、はっとする。

「そうだ、柳！　お前は普段から本家に出入りしているじゃないか。朔様にも気に入られているし、お前が本家に行って葉月を説得してこい。なんとしても葉月を連れ帰るんだ！」

名案だと言わんばかりの父親に、柳は動揺するでも荒ぶるでもない静かな瞳《ひとみ》を向ける。

「それはできません」

「何故だ！　この私が命じているんだ。お前は私の言う通りに動けばいい！」

父親の言葉とは思えない傲慢《ごうまん》さが表れた言葉の前でも、柳は凪《な》いだ海のように感情を揺らすことなく答える。

「葉月がこの家を出たのは己の意思です」

「それは華のせいでっ！」

「葉月はもう成人。そして葉月の後見人に朔様が立たれました。葉月が望み、一ノ宮の当主が受け入れた以上、しがない分家になにができますか？」

落ちぶれた一瀬ごときに。という副音声が聞こえてきそうだ。

「お前は本家に出入りできるのだから、葉月を引っ張ってでも無理やり連れ帰ればいいだろうが！」

それがどんなに愚かな行動か分かっているのだろうか。いや、分かっていないからこそ、このように愚かな言葉を吐くのだ。

「そんなことをして、本家を怒らせるつもりですか？　一ノ宮に仕える者として俺は断らせていただきます。たとえ仕えていなくとも、一ノ宮を敵に回すなど愚策です。考え直してください」

怒りを露《あら》わにする父親を前にしても、どこまでも冷静に、父親を諫《いさ》めるように言葉を紡ぐ。

だが父親にこれ以上愚かな行動をさせないためにと気を遣った言葉は、父親をさらに感情的にさせる。

「お前はいつもそうだ。妹がいなくなったというのに顔色一つ変えない。その顔の裏で私を嘲笑《あざわら》っているのだろう！　馬鹿にしているのだ！　父上に選ばれたと優越感に浸っているのだろう？　だが、残念だったな。一瀬の今の家長は私だ！　父上でもお前でもない！　この、私だ！」

叫び終え、はあはあと息を切らす父親は、柳を睨《にら》みつける。

母親はオロオロとしているが、父親を止める様子はない。

こうなってしまった父親を宥《なだ》めるのは至難の業だと、一瀬の家の者なら誰もが知っている。

優秀でありながら柳は父親から嫌われている。妬《ねた》まれていると言う方が正しいだろうか。

これまでは華という存在がいたために隠れていたが、華と葉月が生まれるまでは、父親の厳しい眼差しは柳に向いていた。

それを母親も止めはしない。

柳の心の中に浮かぶのは、両親への呆《あき》れと諦《あきら》め。

父親は今なお劣等感に苛《さいな》まれているのだと再確認する。

「あなたが俺のことをどう思おうと関係はありません。ですが、これ以上葉月や華の邪魔はしないでください」

「邪魔とはなんだ！　俺は父親として当然の――」

父親は言い終える前に言葉を止めた。

座る柳の視線に気圧《けお》されたからだ。

柳がなにかをしたわけではないが、その眼差しは鋭く父親を牽制《けんせい》している。

「あの子達は自分で自分の道を選びました。それを邪魔するというなら私にも考えがあります」

父親は顔を真っ赤にして体を震わせる。

上手《うま》く言葉が出てこないようで口をパクパクとさせていたが、溜《た》めていた言葉を吐き出すように吠《ほ》えた。

「な、な、何様だ！」

怒りを爆発させる父親を冷めた眼差しで見る柳。

そこには親への情は感じられない。

だがそれは父親にも同じことが言えるだろう。

「あなたの劣等感にあの子達を巻き込まないでください」

「なんだと!?」

「虫の式神……」

すっと静かな視線を向けると、父親はたじろいだ。

その様子を見て、柳は立ち上がる。

「なにも言わずともあなたが一番よく分かっているでしょう？　あなたの吹けば飛ぶような小さな矜持《きょうじ》に付き合わされてきた華も葉月ももういません。今後のことはよく考えて行動してください。あなたの大好きな一瀬のためにも」

それだけ告げると、柳は背を向けて部屋を出るべく動く。

「ふ、ふざけるな！　待て、柳！　待てぇ！」

父親の声を無視して部屋を出れば、閉じた襖の向こうで父親がなにかを投げつけた音が聞こえた。

しかし、柳にはどうでもよかった。

葉月のように父親の顔色を窺《うかが》う時期はとうの昔に過ぎているのだ。

父親がどんなに怒っていようが柳には関係ない。

気になっているのはただ一つ。

「あの子達に余計な真似をしなければいいのだが……」

柳はここから逃げていった二人の妹のことを思い浮かべるのだった。

＊＊＊

晴れて一ノ宮で暮らすことになった葉月は、落ち着かない様子で屋敷の廊下を歩いていた。

これまで葉月がこの一ノ宮の屋敷に来たのは、朔の襲名披露宴と朔と華との結婚式の二度だけなのだから、緊張するのも無理はない。

華は肩の力を抜かせるべく話しかける。

「葉月、大丈夫？」

「え、ええ」

「そんな肩肘《かたひじ》張らなくてもいいのに。これからここで暮らすんだから、そんな調子じゃ疲れるわよ」

そういう華は緊張など微塵《みじん》も感じていない。

この屋敷で過ごしてだいぶ経つというのもあるが、そもそも最初からあまり緊張感はなかった。

一ノ宮の人間から歓迎されていなくても、それがどうしたと言わんばかりだった。

そんな図太いところが朔に好まれたのだろうが、思ったより早くに一ノ宮の人間に華の力が周知された上、朔の不在時に屋敷を取り仕切る女主人であった美桜に認められたのも大きい。

もしいまだ華が落ちこぼれのままでいたなら、一ノ宮での扱いはまた違ったものとなっていただろう。

今のようにヘラヘラと笑っていられないかもしれない。

しかし、華ならそれならそれで好き勝手やっていたような気もする。

同じ細胞を分けた双子でありながら繊細な葉月に、華と同じように振る舞えというのはかなり難しく、葉月は困ったように眉尻《まゆじり》を下げた。

「無理言わないでよ。ここをどこだと思ってるの？　本家なのよ」

葉月にとっては滅多なことでは足を踏み入れられない神聖な場所と言ってもいい。

恐れ多くて身が縮む思いなのだろう。

「それに……」

葉月がおそるおそる視線を向ける先には、華と葉月の前を歩く朔の姿。

腕を組んで堂々と歩く様子は、さすが屋敷の主人である。

無駄に偉そうとも言える。

「朔が気になるの？　どうせ仕事で家にいないことの方が多いんだから、朔のことなんか気にしなくていいって。偉そうにしてるだけで精神年齢は私達より低いから平気平気」

あははと笑う華。当主に対してあまりに無礼な言いように、葉月はぎょっとする。

「は、華！　ご当主様に聞こえちゃう！」

遠慮の欠片《かけら》もない華に驚く葉月は、朔からお叱りを受けないかと気が気でない。

そんなことはお構いなしに笑う華。その前を歩く朔のこめかみに青筋が浮かぶ。

「怒ったって怖くないって～」

すると、ヘラヘラとしている華の脳天目がけて朔のチョップが命中した。

力加減はされていたが、そんな問題ではない。

「なにすんのよ！　暴力反対！」

「なにが暴力反対だ。お前が言うなという言葉をくれてやる」

普段から口より手が出る方が早い華である。

しかし、それでいうと朔もたいがいだった。

「馬鹿朔〜！」

拗《す》ねたように唇を突き出す華の頬を朔が片手で摑《つか》む。

むぎゅっと頬を押さえられ、必然とタコのような口になった華に、朔は怖いほどの笑顔を見せる。

「誰のおかげでお前の姉があの家を出られたと思ってるんだ？」

「ひょれは私が協力したお礼でひょ」

「後見人になるとは言ったが、ここで暮らすように手配したのはオプションだ」

「ケチー！」

「文句があるなら放り出すぞ」

不敵に笑う朔。意地悪なことを言いつつ、なんだかんだで葉月を受け入れてくれているのには感謝だが、その乱暴な言い方には不満が残る。

華は頬を摑む手を振り払い、朔のすねを強《したた》かに蹴《け》りつけた。

「いった！」
痛みに悶《もだ》える朔をふふんと見下ろす華は、朔を放置して葉月の手を引いた。
「ほら、葉月。さっさとお義母《かあ》様に挨拶《あいさつ》しよう。お義母様は怒らせると朔なんかより
ずっと怖いんだから」
「え、でも……」
葉月は心配そうに朔を見ていたが、華は我関せずと引っ張っていく。
その後を朔がため息を吐きながらやれやれとついてくるのを見て、葉月は困惑しな
がらも華に従う。
着いたのは、普段華達が食事を取る部屋。
ちょうどお昼時とあって、昼食を取るために着席している美桜の姿があった。
美桜にはあらかじめ事情を話し、葉月をこの家で預かりたい旨を伝えている。
その後で一瀬の家になにやら電話していたようだが、なにを話したかまでは華は知
らない。
ただ、「なにごとも筋は通すべきですからね」と、美桜はツンとした様子で言って
いた。
一見すると怒っているようにも見える美桜の様子だが、ツンデレな彼女のことなの
で、華と葉月のために一瀬の両親を牽制《けんせい》してくれたのかもしれない。

決して言葉で伝えはしないところがツンデレのツンデレたるゆえんだ。

しかし、初対面の葉月に美桜のツンデレが伝わるはずもなく、値踏みするような鋭い眼光の美桜に怖じ気《おけ》づいている。

怯《おび》える葉月を美桜の前に座らせて、華が紹介する。

「お義母様。姉の葉月です。今日からよろしくお願いします」

美桜にギロリと睨《にら》まれ葉月はビクリとするが、これが通常運転だ。

「華さんから話は聞いています。本来なら嫁でもない分家の者を受け入れるなど反対だったのだけど、朔がどうしてもというから仕方ありません。一ノ宮で暮らすからには一ノ宮のルールに則《のっと》り、節度を守った行動を心がけなさい」

「は、はい。お世話になります」

葉月は強張《こわば》ったままの顔でその場で深々と頭を下げた。

あまり歓迎していないように思える美桜の言葉。

裏の事情を知る華と朔が呆《あき》れた顔で美桜を見ていると、二人の言葉を代弁するように、お茶を持ってきた十和《とわ》が口を開く。

「反対だったとおっしゃいますが、葉月様の部屋を率先して整えられたのは美桜様ではございませんか。美桜様は葉月様の事情を知り、それは大層不憫《ふびん》に思われ、一瀬のご両親に憤っておられたのですよ」

「十和っ！」

美桜が顔を赤くして十和を叱りつけるが、長年一ノ宮で使用人をしている、ある種一ノ宮の陰のドンとも言える十和は、ひょうひょうと笑っている。

「ほほほほほ。本当のことをお教えしたまでですよ。家のためとは言え、子供の意思を蔑《ないがし》ろにするなどあり得ないと憤慨していらしたではないですか。十和はこの耳でしっかりとお聞きしましたよ」

美桜は恥ずかしそうにしながらふいっと視線を逸《そ》らした。

その様子に、葉月は呆気《あっけ》にとられ、華と朔は笑いをこらえている。

「朔！　華さん！　さっさとお座りなさい。食事が始められないでしょう！」

八つ当たりするように矛先が変わるが、華は声を出して笑わないようにするので必死だ。

「はーい……」

朔はやれやれと上座に座り、その横には華が座った。

「葉月、こっち」

華は自分の席の隣をトントンと叩《たた》くと、葉月はおそるおそる隣に腰を下ろした。

「ここでは食事を皆で取るから、葉月もね」

「えっ、一緒に取るの？　ご当主様も？」

「時間がある時はね」

「そう、なんだ……」

葉月が驚くのも無理はない。

一瀬では皆なにかと理由をつけて各々勝手に食べていたから、家族団らんとは無縁の生活だった。

特に兄である柳は仕事を理由に家を空けることが多く、遭遇率すら低かった。

それなのに同じく忙しいはずの朔が一家団らんの輪に入っているのが驚きなのだろう。

葉月も慣れるまでは違和感があるかもしれないが、すぐに慣れて一人での食事が味気なく感じてくるようになるはずだ。

それはそうと、まだ望《のぞむ》が来ていない。

「そう言えば、朔。望に葉月のこと話したの？」

「いや、母上が話しているかと」

「いえ、私は華さんが話していると思っていましたよ」

全員が全員あれ？　という顔をした。

そんなところへやって来た望は、部屋に入ってくるやいつもの自分の席に座り、正面に座る葉月の姿を見て一拍ののち「はあぁぁぁ!?」と葉月を指さして絶叫した。

「なんで、なんで葉月がここにいんだよ！」

「今日からここでお世話になることになったの」

葉月がやや申し訳なさげに答える。

「聞いてねぇよ！」

望は説明を求めるように朔や美桜、そして華に視線を向けたが、どうやら誰もかれも誰かが説明しているものと思って、結局望にはなにも話していなかったようだ。

「どういうことだよ⁉」

激しく動揺する望を朔が宥《なだ》める。

「落ち着け、望。今葉月が言っていただろ。今後は俺が後見人となってここで一緒に暮らすことになった。葉月、詳しいことはお前から説明してやってくれ。言ってもいいことと言いたくないこととあるだろうし、同じクラスで顔見知りのお前の方が適任だろう」

「分かりました」

葉月は望に向き直って、にこりと微笑む。

「後で説明するから。とりあえず、これからよろしくね」

すると、望はこれでもかと顔を真っ赤にする。

「お、おう」

葉月を直視できないけれど気になって仕方ない様子でチラチラと見ている。

食事が始まるも、望の態度は華に対するものとは大違いで、借りてきた猫のように大人しい。

気になった華がたまらず問いかける。

「ねえ、葉月と望って仲いいの？」

「は⁉　きゅ、急になに言ってやがるんだっ！」

「なんでそんな動揺してるのよ」

「してねぇよ！」

いや、誰がどう見ても望は激しく動揺していた。

ニヤけるのを抑えきれない華が再度問いかける。

「で、どうなのよ？」

「仲いいわよ。望とはずっとクラスも一緒だし、一番仲よくしてるって言ってもいいわ。ねっ？」

「そ、そうだな」

葉月にそう微笑みかけられ素直に頷《うなず》く望。華には噛《か》みついてばかりだというのに。

似た顔をしているのにこの態度の違いといったら……。

「それならちょうどいいわ。葉月さんの部屋は望の部屋の近くに用意してありますからね」

そんな美桜の言葉に望がぎょっとする。

「えっ、どうしてです？　姉妹で近くの方がいいんじゃないですか？」

望も母親の美桜相手には丁寧な言葉を使う。朔も同じだが、美桜がいかにこの家の重要な位置にいるかが窺《うかが》える。

「華さんは朔の部屋の隣です。いくら姉妹と言えど、当主夫婦の部屋の近くに分家の者の部屋を用意するわけにはいきません。仲よくしているなら、なおさら望の部屋の近くの方が相談しやすいでしょう？」

それに、華と葉月は同じ家に住みながら、華は離れ、葉月は母屋というように、別々に暮らしていた。

正直、急にべったりとはいきにくい。

むしろ葉月と共にいた時間だけなら望の方が長いだろう。

部屋がそこに決まったのは、格下の分家の葉月と当主の嫁である華の立場の違いを明確にするためという理由があってのことだろうが、結果的には望の部屋に近い方が葉月のためになるかもしれない。

望の方が葉月に近しいようで寂しさもあるが、葉月のためになるなら華にも否やはない。

「お世話になります。よろしくね、望」

ようやく一瀬から解放されて、晴れやかな葉月の笑顔はぱっと花が咲いたようだった。

「ままま任せろ！」

そんな葉月の笑顔を目の当たりにした望はあからさまに挙動不審である。

まるで恋人になりたての初々しいカップルのようなやり取りをする二人の様子を見て、美桜もなにやら思うところがあるようだが、口にはしなかった。

そんな中、ニヤリと不気味な笑みを浮かべた華に、朔がお椀《わん》を持ちながら冷静に釘《くぎ》を刺す。

「余計なことはしてやるなよ」

「分かってるってぇ。ちょっと遊ぶだけよ」

「やめてやれ」

朔も望の様子に勘づいているみたいだ。

どうやら気づいていないのは葉月のみ。

成績は優秀だが、色恋沙汰《ざた》には疎いようだと、華は少し葉月のことを知れた。

＊＊＊

葉月が一ノ宮で暮らすことが決まってから初めての登校日。

朝から華達は揉《も》めていた。

正確には華と望がだ。

口論の理由は、葉月をどちらの車に乗せて登校するかというくだらないものだった。

しかし、本人達は真面目である。

「葉月は俺の車で行くんだよ！」

「なに言ってるのよ。葉月は私の姉なんだから私と行くわよ」

せっかく葉月と和解したのだから、少しでも無駄にした時間を取り戻したい華は、譲れないとばかりに食らいつく。

一方の望も負けじと応戦する。

「葉月とはいろいろと話すことがあるんだよ」

「今じゃなくても望は部屋も近いからたくさん話せるじゃないの」

「葉月が来た日からほとんど葉月の部屋に入り浸ってたお前に言われたくない」

望の言うように、華はこれまでの葉月の行動の意味を知り、申し訳なさも相まって、葉月を構い倒していた。

せっせとお茶菓子を運び、頻繁に様子を窺いに部屋を訪れては、葉月の周りをうろちょろしていたのだ。

葉月が少々戸惑うほどだったが、それに華は気づいているのかいないのか。

同じく、葉月が同じ屋根の下に、しかも自分の部屋の側で暮らすと聞いて落ち着かずに葉月を訪ねてきた望と鉢合わせして、口論の末に「葉月さんが落ち着けないでしょう！」と怒鳴り込んできた美桜によって、二人共葉月の部屋から叩《たた》き出されてしまった。

そんなことがあった次の日である。

両者譲れないものがあった。

「そんなこと言って、昨日私が出ていった後に葉月の部屋に忍び込もうとしたんじゃないの？　まさかやましいこと考えてないでしょうね？」

葉月に聞こえないよう華がぼそっと囁《ささや》くと、望は顔を赤くした。

「するか！　馬鹿!!」

葉月は聞こえていないので望の反応にきょとんとしているが、華は新しいおもちゃを見つけたように嬉々《きき》としている。

「だいたい、望が葉月と二人で朝から一緒に登校したりなんかしたら噂になるのが目に見えてるじゃない。あ〜、もしかしてそれが狙い？　周りから固めようっての？」

華が疑惑の眼差《まなざ》しを向けると、望は動揺を露《あら》わにする。

「違うわ！」

「え〜やだ〜。図星〜？　葉月に注意しておかないと」

華は望をからかってなんとも楽しそうだ。

朔がここにいたらやめてやれと止めるかもしれないが、あいにくとすでに家を出ている。

「だから、違うと言ってるだろ！」

「じゃあ、私と乗っていっても問題ないわよね。葉月、行きましょう」

素早く葉月の手を引いた華に望が慌てる。

「ちょっと待て！」

「待ちませーん。ほら、葉月、乗って」

「う、うん」

揉める二人に困っていた葉月は言われるままに車に乗った。

華がその後から続いて乗ると、反対側の後部座席のドアが開いて望が無理やり乗ってきたではないか。

そのせいで、葉月を挟んで三人で座るという状況になる。

普段は断固として華と一緒の車には乗らないというのに。

望はふんっと顔を逸《そ》らしながら腕を組んで座る不遜《ふそん》な態度だが、耳まで赤くなっているのがかわいらしい。

「あれ～。そんなにお義姉《ねえ》様と一緒に登校したいの～？　望君ったら甘えん坊さんなんだから」

もちろん、望が華ではなく葉月と一緒にいるために同乗してきたと知っていて言っている。

望は震えていたが反論すれば、葉月と一緒にいるためだと言っているようなものなのでそれもできないでいる。

「くふふふ、愉快愉快」

『あるじ様、性格悪いよ？』

華の髪に止まるあずはが静かにツッコむ。

すると、葉月がビックリしたようにあずはを見る。

「蝶《ちょう》がしゃべった……」

蝶を始めとした虫の式神は、位で言うと最下位の力しか持たない弱い存在。

言葉を介して意思の疎通ができる力を持っているはずがないので、葉月が驚くのも無理はなかった。

学校が襲撃された時、あずはとやり取りしている場面を葉月も見ていたはずだが、そんなことを気にしていられる状況ではなかったので忘れているのかもしれない。

「あー、あずはと葉月はほとんど初めましてみたいなものだっけ」

互いの式神の存在は知っているが、式神を作って以降、二人の生活環境はがらりと変わってしまったので、密なやり取りをしたことがなかった。

華も葉月の式神である柊《ひいらぎ》と会話したのは、葉月を助けてくれと紗江《さえ》についてきた時が初めてだった。

それほどに十歳以降の二人の仲はよくなかった。

それもこれもすべては両親のせいだ。

「あずは、葉月にご挨拶《あいさつ》」

『あずはです』

華の髪から離れて、ヒラヒラと葉月の目の前を飛びながら、舌っ足らずな子供のような声で話す。

「あ、葉月です……」

釣られるように名乗った葉月に華はクスリと笑う。

「この子って、昔から話せてたの？」

「ううん。十五歳の時に力に目覚めてね。その時から話せるようになったのよ」

「他にもいたわよね。人型が二体と犬みたいな……」

「葵《あおい》と雅《みやび》と嵐《あらし》ね。あの子達はまた今度紹介するわ」

今日のお供はあずはだけで、他の式神はお留守番なのだ。

いつも連れていく式神は決まっていない。

あずはが留守番の時もあれば、全員ついてくることもある。

ただ、常に姿を見せているあずはと違い、葵や雅はついてきていても姿を消していたら、朔レベルの術者でない限り、いることには気づかれない。

その点では葵や雅の方が連れて歩きやすいが、落ちこぼれをやめた今となってはどっちでもいい。

ちなみに犬神である嵐は姿を消すこともできるが、顕現していることの方が多い。

その方が力が使いやすいのだという。

人間にはその辺りのことはよく分からないが、嵐がやりたいようにやればいいと思う。

優しいあまりたたり神になってしまったほどの神様は、決して無意味に他者を傷つけたりしないと信頼しているからだ。

一ノ宮の屋敷からはそう遠くない学校に着くと、扉側に座っていた華と望が先に出る。

周囲にいた生徒達は華と望が一緒に登校してきたことに目を見張っていたが、同じ屋敷に住んでいるのだからさほどの驚きではなかった。

しかし、続いて葉月が出てくると、ヒソヒソとしたざわめきが起きる。

「えっ、葉月さんがなんで一緒に来てるの？」

「双子なんだから別におかしくはないんじゃない？」

「でもさ、あの二人が一緒にいるところなんて見たことないのに」

「それもそうよね」

学校を一緒に登下校するどころか、行動を一緒にすることすらなかった華と葉月が同じ車から出てきたことがよほど物珍しいのだろう。

しかも現在の華は一ノ宮当主の妻だ。

自然と人目を集める立場となってしまった。

けれど、まだ双子だという関係があるからこの程度の騒ぎで収まっているのだ。

これが望と葉月が二人で登校した日には、望とどんな関係かと噂されるに違いない。

無理やりにでも一緒に登校してきてよかったと、華は考えなしだった望に対してじとっとした眼差しを向ける。

華の言わんとしていることがその眼差しで分かったのだろう。

望は少々ばつが悪そうに先に校舎の中へ行ってしまった。

葉月はというと、友人なのか取り巻きなのか分からない生徒に囲まれ、質問攻めにあっていた。

「葉月さん！　どうして一緒に登校されたの？」

「望様も一緒だなんて」

「どういうこと？」

他人の事情に遠慮もなく土足で踏み込む無神経な人達に華は不快感を覚えたが、葉月はにこりと微笑みを浮かべながら曖昧《あいまい》に答えを濁していた。

「さすがは優等生」

華は葉月のあしらい方に感心してから、自分もクラスへと向かった。

あれ以上葉月といたとてクラスが違うのだし意味はない。

葉月なら上手《うま》いこと収めてしまうのだろう。

クラスに行けば、早速鈴《すず》が寄ってくる。

「おはよー、華ちゃん。聞いたよ～。お姉さんと一緒に登校してきたんだって？　華ちゃんがお姉さんと仲よく来るなんて初めてじゃない？」

「いつもながら思うけど、鈴のその情報の早さはどこから来てるの」

華は寄り道せず真っ直ぐクラスにやって来たというのに、鈴はもう知っている。

「えー、だって新聞部がＳＮＳで投稿してたんだもん」

「なにそれ？」

「華ちゃん知らないの？　新聞部のアカウント」

「知らない」

「新聞部があることないこと最新情報をSNSに投稿してるんだよ。それでさっき、華ちゃんがお姉さんと一緒にいるのが投稿されたの。ほら」

そう言って鈴がスマホの画面を見せてくれる。

新聞部のアカウントに投稿されていたのは、まさに先ほど車から出てきたばかりの華と葉月の写真だ。

『あの双子になにが⁉　一緒に車から出てくる一ノ宮当主の妻とその双子の姉！』

というコメントが一緒に載っている。

「めちゃくちゃ隠し撮りじゃない。いつの間に……」

勝手に撮られた怒りというよりは呆《あき》れが先立つ。

「他にもいろいろと学校内の最新情報が投稿されてるんだよ～。学校の生徒はほとんどフォローしてるんじゃないかな？　華ちゃんが知らなかったなんてびっくりだよ」

「……肖像権の侵害で争ったら勝てるかしらね」

過去の投稿を確認してみたら、華が朔と結婚したという話題まで、花嫁衣装姿の華の写真と共に載っているではないか。

しかも、結婚式を挙げた当日にだ。

花嫁衣装の写真をどうやって手に入れたのかとツッコみたい。

そりゃあ、これだけおおっぴらに情報を流されていたら学校に来た時に誰もが知っているはずである。

散々騒がれた当時を思い出し、言いたいことはたくさんあったがぐっとこらえて、とりあえず華も新聞部のアカウントをフォローした。

幸いと言えばいいのか、まだ葉月が一瀬を出て一ノ宮で暮らしていることは、新聞部も情報を摑《つか》めていないようだ。

しかし、時間の問題のような気がする……。

まあ、なるようになるかと気を取り直すと、教師が入ってくる。

今日の華には葉月のこと以上に考えねばならない大事があるのだ。

ドキドキしながらその時を待つ華に、その時がやって来る。

「この間行った試験の答案を返すぞー」

先日あった『彼岸《ひがん》の髑髏《どくろ》』の問題が片付いた直後に行われた試験の結果が今日返される。

喜ぶ者や嘆く者、三者三様の反応を見せる教室内で華以上に緊張している者は他にいないだろう。

この結果にすべてがかかっている。

「──次～。一瀬……じゃなくて一ノ宮」

「はい！」

未《いま》だに旧姓で呼んでしまう教師を残念に思う暇もなく、硬い表情で答案用紙を受け取りに向かう。

席に戻り、深呼吸をしてから答案用紙を確認した。

その結果に、華はすぐさま頭を抱える。

「ヤバイヤバイヤバイヤバイ」

念仏のようにひたすら呟《つぶや》く華に、隣の席の男子が気味悪そうな顔をしていたが、そんなことは気にならないほど結果で頭がいっぱいだった。

あずはが華を心配するようにヒラヒラと周りを飛ぶ。

そこへ鈴がにこやかな顔でやって来て、華の答案用紙を覗《のぞ》き込んだ。

すると嬉《うれ》しそうにニンマリとする。

「ほら、やっぱり華ちゃん赤点ばっかり～。付け焼き刃なんて無理なんだよぉ。でも華ちゃん頑張ったんだし、また次があるよ」

慰めているのか、けなしているのかよく分からないが、鈴なりに慰めてくれているようで、優しく肩を叩《たた》かれる。

しかし、次では駄目なのだ。

「……これは駄目だ。とてもじゃないけど見せられない。あれだけ勉強したのに赤点が一つ二つじゃないなんて」

「ちょっとの勉強でどうにかなるものじゃないよ～。普段からしてないのがいけないんだから」

鈴のもっともな言葉を聞きながら、華は決意する。

「よし、封印しよう！」

「どうやって？」

「燃やして証拠隠滅する」

「さすがに燃やすのは危ないよ」

「広い一ノ宮の庭でなら、たき火の一つや二つしたって問題にはならないわよ」

確かにその通りだが、鈴は眉《まゆ》を下げる。

「諦《あきら》めてご当主様に謝った方がよくない？」

「そんなことしたらどうなるか。考えるだけでも恐ろしい……」

顔色を悪くして、華は答案用紙をぐちゃぐちゃに丸めて机の中に押し込んだ。

「最悪だ……」

しかし、本当に最悪だったのは屋敷に帰ってからだった。

この日は美桜の帰りが遅くなるというので、美桜を抜いた四人で夕食を食べることになった。

すっかり試験結果など忘れ去っていた華に朔が問う。

「華、試験の結果はどうだったんだ？」

途端に華の顔が固まった。むせそうになりながら問い返す。

「な、なんで朔が知ってるの？」

「さっき望が俺に見せに来てたからな」

ぎろっと睨《にら》めば、望は得意げに胸を張る。

「ふふん。今回初めて葉月を抜いたんだ」

なんとも恨めしく感じられる表情をしている。

華はじとーっとした眼差《まなざ》しでチクリと刺した。

「どうせ桐矢《きりや》には負けたんじゃないの？」

「うぐっ」

華の言葉に望は言葉を失うほどショックを受ける。

二条院《にじょういん》の双子の片割れである桐矢は、転校早々に葉月を抜くほどの頭のよさを見せていた。

葉月を抜いて浮かれているようだが、この様子だと桐矢は抜けなかったらしい。

分かりやすい男だ。

「うるさい！　これまでずっと葉月が一番だったんだ。そんな葉月を抜いたんだからすごいことなんだぞ！」

「葉月は一瀬の馬鹿親父共のせいで精神的に余裕なかったんだから仕方ないよねー。弱ってる女の子に勝って胸張るのって一ノ宮の人間としてどうなの？」

「…………」

反論の言葉もないようで、望はずーんと落ち込み始めた。

「俺はただ葉月に勝てたのが嬉しくて、兄貴に見てもらいたかっただけで……。他意はなくて……。でも葉月にしたら弱ったところを攻める極悪非道な奴になるのか？」

ぶつぶつとなにかを呟き始めた。

「望、私は気にしてないから」

そう葉月が声をかけるが、本人は聞こえていないようだ。

華の言葉は思ったよりクリティカルヒットしてしまったらしい。

すると、横から朔の手が伸びてきて華の額に強烈なデコピンをする。

「あいた！」

なにをするんだと朔を睨めば、満面の笑みで手を差し出す。

「で、お前の結果はどうだったんだ？」

思わず華はちっと舌打ちした。

望の方にうまく話題をすり替えられたと思ったのに、なんとしつこいのか。

「あれだけ勉強していたんだからもちろん赤点は回避したんだろうな？」

これはマズイ。

華はとりあえず「あははは……」と笑ってみたが、朔と視線を合わせることができない。

ギラッと目を光らせた朔は口を開く。

「椿《つばき》」

「はーい、ご主人様～」

すぐさま現れたケモミミツインテールで、いつもと変わらぬメイドスタイルの椿に、朔は命じる。

「華の部屋に行って探ってこい」

「アイアイサー」

「ちょっ、まっ！」

華が慌てて追いかけようとするが、がっちりと朔に腕を摑まれてしまう。

「朔、放して」

「諦めろ」

「お願いだから放して〜」

必死に手を伸ばして抵抗する。

もうその様子だけでどんな点数だったか分かるというもの。

少しして戻ってきた椿の手には、くしゃくしゃになった答案用紙が……。

「終わった……」

がっくり肩を落とす華は、頭を抱えることで問題のブツを視界から遮り現実逃避する。

カサカサと朔が答案用紙を広げている音だけが響き、チラリと朔の顔を窺《うかが》えば、口元を引きつらせていた。

「お前、本気か？」

その表情からは、怒っているのか呆《あき》れているのか判断がつかない。

朔は深いため息の後、その答案用紙をあろうことか望と葉月に渡した。

「ぎゃあ！　なにしてんのよ！」

よりによってその二人に渡すとはなにを考えているのか。

内容を確認した二人は、驚愕《きょうがく》したように目を大きくし、同じ目で華を見る。

椿にまで憐憫《れんびん》を含んだ眼差しを向けられていたたまれない。

「お前、これはヤバイだろ」

素直に感想を口にする望と、華に気を遣ってそれ以上の言葉が出てこない葉月。

どっちの反応も華にグサグサ刺さる。

何故これまで勉強してこなかったのかと華を後悔が襲うが、それもこれもあの両親が悪いと責任転嫁することで心の平穏を保つ。

「ここまでひどいとはな」

呆れた朔の声が聞こえる。

普段なら喧嘩腰《けんかごし》で反抗するところだが、今回ばかりはする元気もない。

「仕方ない。望、葉月。お前達がこいつの勉強を見てやってくれ」

「えー!!」

不満の声をあげた華と同時に望まで声を大にする。

「いくら兄貴の頼みでもここまでの奴に教える自信はないぞ」

指をさして否定された華はカチンとくる。

「そこまで言わなくてもいいでしょう! これでも頑張って勉強したんだから!」

「どこがだ! 葉月の爪の垢《あか》を煎《せん》じて飲ませてもらえ! ほんとに双子か!?」

「悪かったわね! 双子でも頭のよさは比例しないのよ!」

ぎゃあぎゃあと騒ぐ華と望をオロオロと見守る葉月。

「華……」

朔は二人にそれぞれチョップする。

今回は手加減されているいつもよりちょっと痛い。

朔が試験結果を問題視しているのが伝わってくるようだ。

「静かにしろ。望、華に教えるのは大変だとは思うが、一ノ宮の嫁がこんな点数では他家に笑われる。お前だけが頼りだ」

「俺だけが頼り……」

「ああ」

大好きな兄に頼られて嬉《うれ》しくないブラコンなどいないだろう。

望は態度をコロリと変えた。

「よし、俺と葉月で一ノ宮の嫁にふさわしくなるよう、みっちりとしごいてやる。ありがたく思え！」

「ええ〜」

不満いっぱいの華に対し、朔がすごむ。

「母上にこの答案を見せられたくなかったら大人しく言うこと聞いとけ」

「ひどいっ！」

「母上にバレるよりはいいだろう？」

「うぐっ」

確かにその通りなので反論できない。

「二人に勉強教えてもらえ。いいな？」

「はい……」

華は観念してがっくりと肩を落とした。

話が終わり、全員が元の席に戻ると、朔が改まったように話し始める。

「お前達に……特に華には一番関係深い話がある」

「なに？」

「先の彼岸の髑髏によって行われた学校の襲撃だが、それを受けて生徒の実技の向上にもっと力を入れるべきではと協会で話し合いが行われた」

「あー、あれはひどかったわよねぇ」

結界に閉じ込められた学校という狭い領域の中で妖魔《ようま》に襲われた。

生徒のほとんどは妖魔に慌てふためき助けを求めるだけで、役に立ったのは一握りの生徒と教師だけだった。

術者を育成するための学校だというのに、現実は悲惨なものだ。

葉月を始めとしたAクラスの奮闘はあったものの、華がいなければ結界すら壊すのも難しかった。

華の式神である、葵と雅に助けられた生徒も多い。

あれほど早くに解決できたのは間違いなく華の存在があったからだ。

「今後、同じように学校が襲撃されるような事態がないことを願うが、万が一を考えて、生徒全員の力量をあげておく必要があるという意見が協会でも多く、実戦を想定し、教育方針を見直すことになった」

「どう変わるの？」

「これまでは主にAクラスに実戦を積ませていたが、これからは普段戦いには参加しないBクラス、Cクラスにもいざという時のために経験を積ませることになった」

「え〜」

ひどく面倒くさそうな華の声が響く。

しかし、それ以上の不満の声は出てこない。華も分かっているのだ。

「はあ……。でもまあ、仕方ないか」

思わずため息が出てくる。

いくら突然のことだったとはいえ、妖魔を前になにもできず、戦う意思すら放棄して逃げ惑う生徒の姿を思い出すと、朔の言うように実戦経験は積むべきだと華も思った。

巻き込まれる華は不満だが、そうも言っていられない。

術者とは常に命懸けなのだ。

Aクラスのような実戦経験がほとんどないBクラスやCクラスには、そこを思い知らせておく方が今後のためになるだろう。

いざという時を心配する協会の意見はもっともだ。

毎度毎度華がいるとは限らないのだし、協会が助けてくれるとも限らない。

「Aクラスも授業内容が変わるんでしょうか?」

葉月のAクラスはすでにたくさんの実戦を重ねている。

危険な任務もあり、これ以上となるのか気になるところだろう。

望も真剣に朔の言葉を待っている。

「基本的にAクラスは変わらない。特に三年生は多くの実戦を重ねているからな。だが、多少は実戦を想定した授業が多くなるだろう」

「そうですか」

ほとんど変わらないと聞いて少し安堵《あんど》を見せる葉月とは反対に、授業のほとんどを寝て過ごしている華にはゆゆしき事態だ。

「私は保健室でサボってようかなぁ」

「お前もちゃんと受けろ! そんなだから赤点ばっかりなんだろ!」

望がすかさずツッコむが、華は「ほほほほ」と高笑いする。

「あ～ら、私に喧嘩《けんか》売って瞬殺された誰かさんよりは実戦では役に立つもの～」

結婚当初、華に喧嘩を売って、式神同士の戦いであずはにコテンパンにされたことを言っている。

望もすぐに気づいたようで、恥ずかしそうに顔を赤くする。

「あれは！　少し調子が悪かっただけだ。俺の紅蓮《ぐれん》があんな簡単にやられるわけがないだろ！　手加減してやっただけだ」

「おほほほほ。じゃあ、リベンジさせてあげても構わなくってよ。またあずはに瞬殺されるでしょうけどね」

「言ってろ！　前の俺とは違うことを見せてやる！」

「どうやら葉月の前で恥をかきたいらしいわね。表に出なさい」

「やってやる！」

ドタドタと部屋から出ていった二人に困惑している葉月は、動じずにお茶を飲んでいる朔を窺《うかが》う。

「あの、止めなくていいんですか？」

「ああ、ほっとけ。華はちゃんと手加減できるから問題ない」

「華が勝つ前提なんですね」

「当然だ。俺が嫁に選んだ女だぞ」

ニッと口角を上げる。そこには華への強い信頼が見て取れた。

＊＊＊

外も暗くなった夜の勝負は案の定、華の完全勝利で幕を下ろした。

「おほほほ。お義姉《ねえ》様の偉大さが分かったかしら。さて、ひと汗かいたし、お風呂《ふろ》入って寝るか」

悔しそうに地に伏せる望を嘲笑《あざわら》い、華は気分よく就寝した。

翌日、学校へ行くと、朔が言ったように授業内容の変更が教師から伝えられる。

Cクラスにも実戦経験を積ませたい大人達だが、だからと言って急に戦いの場に出すわけではなく、まずは学校内で実戦を模した授業を行うようだ。

慣れてきたらCクラスでも妖魔と戦わせることを目標にしているらしい。

これにCクラスの生徒達は表情を曇らせた。

大きな声で不満を口にしている者もいる。

「なんで今さらそんなことすんだよ」

「絶対無理だって」

「そうよねぇ」

これまで後方支援程度だったのに、急に戦えと言われても不安だろう。

けれど、協会の決定だからと言われたら、術者の卵である生徒達に反論は許されない。

どうせ、彼らの内、半数以上が卒業後協会に所属することになるのだ。

しかもこの印籠《いんろう》が目に入らぬかとばかりに、五家当主の許可が出ていると言われたら、しがない術者の家の子供達が逆らえるはずがない。

五家当主に逆らうということは、この国を敵に回すようなものなのだ。

不満を叫んでいた生徒も、急激に言葉をなくして大人しく席に着いた。

その後は不満がある顔をしつつも文句を言う者はいない。

鈴を見れば、不満というよりは不安そうな顔をしており、華はやれやれと仕方なさそうに苦笑する。

座学より実技の方が得意な華としてはどっちかと言われたらまだ体を動かしている方がマシだろうか。

サボりたい気持ちがないわけではない。

しかし、学校が襲撃された時のことを思い返すと、妖魔との戦いには自信がある華も真面目に受けておいた方がいい気がする。

せめて、卒業後は術者となって後方支援をしたいと希望している大事な親友が、身を守る力をつけるまでは……。

どこか他人事《ひとごと》だった術者という仕事。

朔と結婚したことで術者の世界に深く関わるようになってから、その危険性を改めて身に染みて実感することが多かった。

鈴は強い術者ではない。

後方支援だから大丈夫だなんて、安全なはずの学校が襲われた後ではとても言えない。

我関せずを貫いて、もし鈴の身になにかあったら、華は後悔してもしきれないだろう。

だから鈴が授業を受けるというなら付き合うつもりだ。

授業内容はいつから変わるのかと思っていたら、その日から早速だった。

結界を張って妖魔《ようま》を滅するという初歩中の初歩の授業が運動場で行われた。

それ自体はCクラスでも普通にされていた授業だが、変わったところは、本物の妖魔を使っているということだ。

妖魔を使った授業はCクラスのような落ちこぼれには危険だと、実行されたことはなかったのに、教師が当たり前のように結界で拘束されたたくさんの妖魔を連れてきた時には、クラス中が大騒ぎだった。

といっても、華からしたら低級も低級。瞬殺できる程度の雑魚《ざこ》である。

叫ぶほど危険な妖魔ではないのに、騒げば騒ぐほど今のCクラスの力量を表しているようで、華はなんだか複雑な顔になった。

悲鳴をあげている者の中には鈴もいて、きゃあきゃあ言いながら華の腕にしがみついている。

鈴が力をつけるまではと決めたはずなのだが、先が長すぎて今すぐ撤回したくなった。

華が遠い目をしていると教師が説明を始める。

「ほら、騒ぐなー。これから一人ずつこれを結界で捕まえて滅してもらう」

途端に無理だとか嫌だとか文句ばかり周囲から聞こえてくる。

しかし、教師は容赦なく一人の男子生徒を捕まえると、彼と拘束を解いた妖魔一匹とをドーム状の大きな結界の中に放り込んだ。

「ぎゃあー、出してぇぇぇ！」

男子生徒は半泣きで内側から結界を叩《たた》いているが、出られない様子。

「あの結界は二条院の呪具《じゅぐ》が使われているんですよ。一度張ると内部の妖魔を倒さない限り中から出られない仕様です」

自慢げに華に教えるのは髪を緩く巻かれたボブカットにした桔梗《ききょう》。

二条院の次期当主候補でありながらどこか気弱そうにオドオドしていることが多い

少女だ。

桔梗の隣には双子の桐矢もいる。顔立ちは似ているが、短髪黒髪で爽《さわ》やかな好青年のような雰囲気を持つ。

Aクラスの彼らが何故この場にいるかというと、Cクラスだけでは経験不足が否めないので、実戦経験豊富なAクラスの生徒も参加した合同授業となっているからだ。

「ねぇ、一つ疑問なんだけど」

「なんですか？」

「桔梗と桐矢は、彼岸の髑髏に奪われた呪具を取り戻すためにこの第一学校に来たのよね？」

「そうです」

「だったら、なんでまだこの学校にいるの？」

そう聞くと、桔梗はひどくショックを受けた。

「ひどい！　せっかく親友になったのに、私は邪魔ですか～!?」

一瞬でウルウルと目を潤ませる技に思わず拍手をしたくなるが、そんなことをすると本格的に泣きに入りそうだ。

「いや～、だってもうここにいる理由がないじゃない？　帰ったら？」

「なんてことを言うんですか！　理由ならあります！　親友である華さんと一緒にい

るためです！　やっとできた親友を離しませんからね」

　華の腕にぎゅうぎゅうと抱きついて訴える桔梗に、反対の腕にしがみついていた鈴が目をつり上げた。

「華ちゃんの唯一の親友は私ですぅ。勝手に親友を名乗らないでください！」

「ちょっとぐらい分けてくれてもいいでしょう！」

「嫌でーす」

　自分を挟んで喧嘩《けんか》をしないでもらいたい。

「あはは……」

　もう乾いた笑いしか出てこない華は、桔梗の隣にいる桐矢を見た。

「桔梗が帰らないのはわかったけど、桐矢はよかったの？　第二学校に友達とかいたんじゃない？」

　二人で一セットのように常に行動を共にしている桔梗と桐矢だが、さすがに桔梗の我儘《わがまま》に付き合って学校まで一緒にする必要はないはずだ。

「……うーん。別にいいよ。向こうでも特に親しい人いなかったし。こっちでいる方が桔梗が楽しそうだから」

　それはそれでなんとも切ない。

　この双子は第二学校でどんな学校生活を送っていたのやら。

桔梗は二条院の次期当主候補ということで避けられていたようなことを前に言っていたので、桐矢も同じだったのかもしれない。

あまり追及しない方がよさそうだ。

そうこうしていると、先ほど結界に放り込まれた男子生徒が出てきた。

どうやらなんとか妖魔を倒して出てこられたらしい。

しかし、満身創痍《まんしんそうい》で、結界から出てすぐに座り込んでしまった。

Cクラスからは彼の健闘をたたえる言葉がかけられたが、実戦経験豊富なAクラスの生徒からは「マジか……」とか、「あの程度の妖魔を倒して喜ぶとかヤバくね？」とか口にしながら驚いていた。

もちろんいい意味ではなく、Cクラスのあまりの弱さに驚愕《きょうがく》しているのだ。

それだけAクラスとCクラスの差が顕著だということ。

最初の一人が無事に妖魔を倒したことでやる気を出したCクラスの生徒が、次は自分がと名乗りを上げ始める。

妖魔に怯《おび》えつつもやる気はある生徒を見て、見込みはあるかと感心していると、生徒が結界発動の文言を口にする。

「来い、妖魔。我に仇《あだ》なす敵を封じ込めよ！」

その言葉に華はずっこけそうになった。

無事に結界を張って妖魔を捕獲したようだが、発動の文言が気になりすぎる。

封じ込めよって誰に言ってるんだ。封じる結界を張るのはお前だよ。と、思わずツッコみそうになった。

そしてバトンタッチした次の生徒は……。

「封じられし左目の封印を解くときが来たようだ。受けてみよ、我が奥義を！」

これまた長ったらしく意味不明な言葉に、Aクラスの生徒が呆気《あっけ》にとられている。

華は初めてCクラスであることが恥ずかしくなった。あれらと一緒にされたくない。

「えっと、華さん。Cクラスの方達はずいぶんと、その……個性的な言葉を使われるのですね」

桔梗は言葉を選びながら問いかけてくるが、素直に言ってくれていい。

「あれは病気だからツッコまないでいてあげて」

そう中二という名の病なのだ。

よくよく観察してみると、順番待ちの生徒が結界を張る練習をしている。

Aクラスが比較的発動しやすい短い文言にしているのに対して、Cクラスでは病をこじらせた文言がいたるところで飛び交っていて、華は泣きたくなった。

発動の言葉は人それぞれ違い、各々がイメージしやすい言葉を決めている。

無駄に長ければそれだけ時間を食うので、多くは効率のよい単語にする。

だというのに、無意味で不効率な長文。

妖魔《ようま》と戦う気がそもそもなかったように思える言葉選びに、教師が頭を抱えているではないか。

あれでは言葉が終わりきる前に攻撃されてしまう。隙を与えるだけだ。

今回使われている低級の妖魔なら問題ないが、それ以上の妖魔なら大問題。

そうこうしていると、先程まで桔梗と言い争っていた鈴の番になる。

「パンケーキ！　パンケーキ！　あんみつー！」

確かに短いし覚えやすい。

なんとも鈴らしい発動の言葉に気が抜けた。

ちなみに華はひねりもなにもない、教科書に載っている定型文通りの文言だ。

鈴はそれをよく「華ちゃんのはつまんなーい」と言って不服そうだったが、発動の言葉に面白さは必要ないと思う。

なにごともシンプルが一番だ。

現にこの言葉は多くの術者が使っている。

イメージしやすく使いやすいと証明されているようなものなのだから、決して責められるものではないのに、鈴的には違うらしい。

次に呼ばれた華はサクッと終わらせて戻ったが、やはり低級の妖魔でもCクラスの生徒には荷が重すぎるようで、全員が終わるまでにかなりの時間を要した。

Cクラスが終わった直後、成績トップの葉月がデモンストレーションを行い、残った低級の妖魔を一気に相手をしつつもあっという間に倒していた。

その姿にすごいと歓声を上げるCクラスの生徒を見て、華はなんだかなぁと先は遠いことを悟るのだった。

＊＊＊

昼休み、華と桔梗と桐矢と鈴の四人で昼食を取ることになった。

食堂の空いている席に座り、各々注文した食事をテーブルに置く。

ちなみに華は唐揚げ定食だ。

「華ちゃん、午後は式神を使った対戦らしいよ～。やだなぁ」

頰杖《ほおづえ》をつきながらカレーの中の人参《にんじん》をスプーンでつっつく鈴は、げんなりとした表情をしている。

それは鈴の肩に乗っている式神のリスも同じ表情だ。

この主人にして、この式神あり。

性格がよく似た主人と式神だ。

「仕方ないわよ。あんな事件が学校であったんだし。生徒自身に身を守る術《すべ》を与えておかないと、次がないとも限らないんだから。前回の事件で死人が出なかったのは本当に運がよかっただけだもの」

そう、一歩間違えれば一人や二人の犠牲では済まなかった。

それは生徒も教師もよく分かっているからこそ、急な授業内容の変更にも従っているのだ。

鈴もそれは分かっている。

「だよねー」

表情を曇らせる鈴は、学校襲撃の時、教室にいた。

葵を向かわせたので無事であったが、教室の外には妖魔がウョウョしており、かなり怖い思いをしたようだ。

華は鈴の様子を気にしながら、厳しい言葉を投げかける。

「鈴、術者協会で働くってことは、この間のような危険に身を置くってことよ。後方支援だからと言って絶対に安全とも限らない。妖魔と戦えないなら協会には所属するべきでないと思う」

「……うん」

鈴にはグサリと刺さっただろう。落ち込んでいるのがよく分かる。

けれど、鈴のためには言っておくべきだと思ったのだ。

静かに食べ始めた鈴から視線を外し、桔梗と桐矢に目を向ける。

「Aクラスの授業内容はどう変わったの？」

「変わったというほど変わってはいませんよ。ただ、実戦経験が多い分、手本となるよう他のクラスや学年と合同で授業する機会を作るようです。それに加え、これまで以上に外での実戦を積ませるみたいですね」

桔梗は面倒臭そうにため息を吐く。

「今日も授業が終わると外で実戦のために居残りです……」

「それは大変ね」

本当にAクラスではなくてよかったと心から思う華だった。

「そもそも私も桐矢も二条院の人間なんですよー！　二条院は妖魔と戦うより、妖魔に対抗する呪具《じゅぐ》を作るのが得意なんですから」

大きな声で不満を漏らす桔梗を、隣に座る桐矢が収めようとする。

「桔梗、どうどう。落ち着いて」

しかしそんなことで桔梗は収まらない。

「桐矢もそう思いますよね!?」

「……うーん。俺はどっちでもいい……。体動かすのも好きだし」

「裏切り者〜！　桐矢は私の味方じゃないんですか！」

「だって、本当のことだし」

憤慨する桔梗とは反対に、無表情で感情を露《あら》わにしない桐矢はなにを考えているのかよく分からない。

それでも二人の仲のよさは伝わってくる。

前までこの二人のやり取りをどこか羨《うらや》ましく感じていた華だが、葉月と和解した今は素直に微笑ましく感じた。

二章

屋敷に帰ると、望が仁王立ちで待ちかまえていた。

「遅かったな。早速俺と葉月でその空っぽの頭を埋めてやる」

反射的に逃げようとしたが、あえなく捕まり強制指導が始まった。

そこには葉月の姿もある。

「えー、今日は居残りなんじゃないの？　桔梗が言ってたのに」

だから今日は二人の帰りは遅いものと思っていた。

「Aクラスの全員が居残りじゃないわ。いくつかのグループに分けられて、少人数ずつ協会の術者の任務に同行することになったの」

葉月の説明に華は目を丸くする。

「術者に同行するって、それって危なくないの？」

これまでAクラスは実戦も経験しているが、わざわざ術者を派遣するのも惜しい、学生でも対処可能と判断された雑魚《ざこ》な妖魔の場合だった。

しかし、術者に同行するということは、危険度のある実際の任務を経験するということ。

「術者が扱う任務の中じゃ低レベルのものよ。まったく危険じゃないとは言い切れないけど、術者が一緒だから大丈夫だと思うわ。けど、一クラス全員の面倒は一度に見きれないから少人数ずつなの」

「そういうこと」

まあ、三年生は一年もしないうちに学校を卒業して、半数以上の生徒が協会の術者となるのだから、少し早まっただけとも言える。

けれど、協会に所属したからといって、すぐに任務に就くわけではなく、見習い期間というものがあるらしい。

その間は先輩術者に同行しながら術者というものを勉強するのだ。

つまり、Aクラスでやろうとしているのは、この見習い期間と同じこと。

「協会はよっぽどこの間の事件を危険視しているみたいね」

「それはそうだろ。黒曜《こくよう》学校があそこまで危険にさらされたことなんてこれまでなかったからな」

望はふんと偉そうに述べた。

望が口にした『黒曜学校』は第一から第五までの五つの学校を含んでいる。

未来の術者の卵達を育成する場所は、五家に不満を抱く者にとっては格好の標的だ。それゆえ、協会本部ほどではないが厳重な警備体制が敷かれており、幾度《いくど》も敵を退けてきた。

黒曜学校が襲われた経験がないわけではないが、命の危険があるほどの大きな事件は起きたことがなかったのだ。

なので、協会や五家が焦るのは仕方がない。

「お前はそんなことより赤点の心配をしろ！　行くぞ」

「ええ～」

ズルズルと引っ張られていく華のところへ、トコトコと嵐がやって来た。

今日も相変わらず魅惑のもふもふだ。思わずそのもふもふに飛び込みたくなる。

そんな嵐の後ろには葵と雅もいる。皆で華を出迎えに来てくれたのだろう。

『おかえり、華』

「嵐～。助けて」

『なにかあったのか？』

『あるじ様の成績が悪くて、お勉強会するところなの。でもあるじ様は嫌がって逃げたそうなの』

華の頭にくっついていたあずはがヒラヒラと嵐の顔の近くを飛びながら説明すると、

嵐はなにやら考え込んだ後、華の後についてきた。

『そういうことなら私も協力して華を見張ろう』

そこは主人の願いを聞いて逃がしてくれるべきだと思うのだが、真面目で優しい神様はあくまで主人のためになる行動を選ぶ。

移動して、普段食事を取る部屋で、望と葉月に囲まれながら指導が始まった。

「ううう……。うう～」

華の前に置かれたのは、望が用意した問題集……しかもお手製と思われる。

きっと、大好きな兄から頼まれて、無駄にやる気をみなぎらせた結果だろう。

そんなもの作らなくていいのにと心の中で文句を言いながら解いていく。

しかし、一問解く度に葉月からは「あっ」とか「えっ？」とか声が漏れ、望からは呆《あき》れたようなため息が出るものだからやる気が削《そ》がれる。

「駄目なら駄目って言ってよ～」

「このアホ！　悪い悪いとは分かっていたが、ここまで頭が悪いとは思わなかった」

望はくわっと目をむいて怒鳴る。

「そこまで言わなくてもいいじゃない。だって、この問題集、学校の授業で習う内容だけじゃなくて五家のことや術者のことまで含まれてるんだもん」

「お前に不足しているのはその術者の家に生まれたなら当然知ってる知識だ。それに黒曜に通ってたら嫌でも刷り込まれる内容ばっかりだぞ。授業中なにしてんだ！」

「寝てる」

もちろんというように堂々と親指を立てた。

「こんのドアホ」

「アホアホ言わないでよ」

ふて腐れるように口を突き出す華の頭を、望が丸めた教科書で叩《たた》く。

スパーンと小気味よい音が響いた。

「お前をアホとせずして、どいつをアホと呼べというんだ。さすがに五家の名前は知ってるようだが、各家の状況なんてまったく知らないじゃないか」

「別に知らなくても困らないもの。私は術者じゃなくて普通の会社でバリバリ仕事するんだから、術者の知識なんていらないしぃ」

華は術者の家に生まれたなら当たり前に知っているはずのことをほとんど知らない。いかに華が術者というものから距離を置きたがっていたかが分かるというもの。

「でも、華。一ノ宮のお嫁さんになったなら知っておいた方がいいこともあるのよ？華が当主の妻なのを馬鹿にされないために必要になるんだから」

葉月はそう諭すが、そこからして見解の相違がある。

「そもそもなんだけど、朔とはそのうち離婚するから勉強する必要なんてないと思うのよ」

朔は華の術者としての知識のなさを、美桜の名前を出して脅してくるが、離婚するなら必要ない。

まあ、それを言うと朔は離婚しないと機嫌を悪くするので口にはしないようにしているが、やはり勉強する必要性を感じない。

すると、葉月と望が驚いた顔をする。

「えっ、どういうこと？　華、離婚するの？」

「なんだと！　兄貴のどこが不服だ!?」

学校では大恋愛の末の結婚と認識されている。

深い事情を教えられない故に否定も肯定もできなかったが、この二人なら柱石のことをしゃべらなければある程度のことは話してもいいだろう。

「いや、そもそも朔とは契約婚なわけよ」

葉月も望も意味が分からないという顔をしている。

「えーと、深い事情は話せないんだけど、朔は家のために自分と同等の力の強いお嫁さんが欲しくて、私は一瀬を早く出たかったのと、力がバレても大丈夫なように一ノ宮の援助が欲しかった。双方の利害関係が一致して結婚したわけなのよ」

するると、あずはが横から口を出す。

『違うよー。あるじ様は十億とお家《うち》をくれるって言われて目がくらんだの』

「しっ、駄目ですよ、あずは姉様。本当のことを言っては」

すぐさま雅が黙るよう指を口に持っていくが、遅すぎる。というか、フォローになっていない。むしろ悪化させている。

じとーっとした眼差《まなざ》しを望から向けられてしまった。

「つまりお前はあの完全無欠の欠点のけの字もない兄貴と形だけの結婚をしたというのか？　母上は知ってるのか？」

「先代の奥さんなんだし、私の力量を知った時点で家のためだと察してるんじゃないの？　素直に好き合って結婚してないことぐらい気づいてると思うけど？」

当主の結婚は好きだけでどうにかなるものではないと、前当主の妻であり、柱石の秘密を知っている美桜なら理解しているはずだ。

そのわりには本当の母親のように接してくれているが。

「じゃあ、ご当主様とは離婚するの？　いつ？」

それを聞かれると華も困るのである。

「……それが、なかなか朔が離婚してくれなくて今にいたるわけなのよねぇ」

「どうして？」

純粋に問いかける葉月に、朔から好かれていると自分から言うのは恥ずかしくてとても口に出せなかった。

「いや、まあ、いろいろあってね」

そう誤魔化すので精一杯だ。

「そっか。でも納得したかも。それまで接点なんてない様子だったのに突然家にご当主様がやって来て、華と結婚するって言うんだもん。そういう理由なら理解できた」

「葉月が私と替われって文句言ってきてたわよね」

「それはもう忘れてよ」

茶化すように華が笑うと、恥ずかしそうにする葉月。

すると、急に望が怒り始めた。

「母上は知ってるって、なんで俺だけ知らないんだよ！　やっぱり俺の力が足りないから……」

憤慨しつつ泣きそうになっている望にやれやれと苦笑する。

望ときたら気が強いわりに打たれ弱いところがあるから困ったものだ。

「それは関係ないわよ。ただ、当主と当主の妻にしか知らされないことがあるから、察しのいいお義母《かあ》様なら気づいてるだろうってだけで、お義母様自身に伝えたわけでもないし、別に望をのけ者にしようって思ってのことじゃないわよ。もし家の秘密を知らないことが悲しいなら、下剋上《げこくじょう》して朔を当主から引きずり下ろしたら、望も教えてもらえるわ。ていうか知らないとヤバイ内容だから」

ヤバイのは、柱石で支えられているこの国が、だ。

柱石が一ノ宮の地下にあることは、一ノ宮の当主と伴侶《はんりょ》のみの秘密。

だが、ほころんだ結界を修復するために男女の力が必要だということは話してもよかったのかもしれない。

どこまで話していいものか華では判断がつかないので、後は朔に丸投げすることにする。

「疑問があったら朔に聞いたら教えられる範囲でしゃべってくれるわよ。後で聞いてみなさいよ」

「……分かった」

どうやら望もしぶしぶだが納得したようで一安心だ。

「ってことで、勉強はやんなくていいんじゃない？　私は協会に所属するつもりないし」

「でも、華ほどの力があるなら協会からお誘いが来ると思うけど？　私にもそれとなく話が来てるし」

葉月ほど優秀な術者の卵を協会が逃すはずがないとは思っていたが、やはり葉月には協会から接触があったのか。

でも、華はまったく興味をそそられない。

「いらない、いらない。興味ないし、一般人と同じように会社に勤めて定年までバリバリ働くわよ」

協会なんて勘弁してほしい。

「でも、それなら一般教科はできてないとマズイんじゃない？　華の試験結果、一般教科も全滅じゃない」

「……………」

これには華も反論できず、無言になる。

「一ノ宮の系列会社にも一応入社試験はあるぞ」

ぼそりと呟《つぶや》かれた望の言葉に華は泣きそうになる。

「ヤバイ、葉月、どうしよう～」

思わず片割れに泣きつくが、葉月は困った顔をするだけであった。

「勉強頑張りましょう」

「それは嫌だ～」

駄々をこねる華の近くでは、それぞれの式神が挨拶《あいさつ》をしていた。

『あずはです』

「雅です」

「葵だ」

そんな華の式神の向かいには、葉月の式神である柊がちょこんと正座している。

「我は柊だ。葉月と共に世話になる」

深々と頭を下げる柊を温かく見つめる嵐が頭を擦りつける。

『私は嵐だ。式神の中では新参者だが、同じ式神同士仲よくしてくれ』

「分かった。ちゃんと名前は覚えた。よろしく頼む」

柊は一見すると子供の姿だが、葵よりずっと大人な雰囲気を醸し出している。

実際、華に最初に作られたあずはと同じ日に葉月に作られた柊は、葵と雅より長く生きているので、お兄ちゃんと言ってもいいかもしれない。

まあ、当然、神様である嵐には遠く及ばないのだが。

ずいぶんと個性の違う式神達は、なんだかんだと仲よく交流を深めていった。

＊＊＊

華達が騒いでいる頃、一ノ宮の屋敷の応接間では、朔が華と葉月の兄である柳と会っていた。

柳が来ていることを華も葉月も知らない。

とはいえ葉月は、柳が仕事で本家によく出入りしていることを知っていた。

兄と滅多に顔を合わせなかった華は葉月に教えられるまで知らなかったが、柳は葉月が思っている以上に本家に出入りしていた。

華が結婚してからもそれは変わらず、何度となくニアミスしていることに華は気づいていない。

華が気づく前に柳が避けていたからでもある。

けれど、それは華のことを嫌っているからでは決してなかった。

むしろ、柳は……。

「華と葉月を守ってくださってありがとうございます。どうかこのまま二人のことを頼みます」

そう言って柳は深々と頭を下げた。

そこには妹達への無関心さではなく、妹を心から心配する兄の顔があった。

朔は見定めるような眼差しで柳を射貫《いぬ》く。

「……お前、華が強い力を秘めていたことを知っていて隠していたな？」

「ええ」

しれっと答える柳に、朔の片方の眉《まゆ》が上がる。

「やはりな。最年少で瑠璃色《るりいろ》を手にしたお前が気づかぬはずはないとおかしく思っていたんだ。知っていたなら何故俺に報告しなかった？ 俺が力の強い女を探していたのを知っていただろうに」

「妹と仕える主君、どっちが大事かを秤《はかり》にかけただけです」

朔を前に気負わぬ姿はなんとも凜々《りり》しく感じる。

「俺より妹を取ったと？」

「そう取っていただいて構いません」

「いつから気づいてた？」

「十五の誕生日の翌日、華の様子を見に行けば、あの子から溢《あふ》れんばかりの強い力を感じました。まだ今ほど上手《うま》く隠しきれていなかったので、すぐに分かりました」

朔はやれやれとため息を吐く。

「誕生日の翌日ってことは本当にすぐに気づいてるじゃないか。何故華に伝えなかった」

「知られたくないようでしたので」

話を簡単に終わらせてしまう柳に、朔は呆《あき》れ顔だ。

もとより話し上手な方ではないと分かっているが、あまりに言葉が少なすぎる。

きっとそのせいで大事な妹達にも誤解されているかと思うと、朔は不憫《ふびん》に感じてきた。

「お前は、言葉が足りんと前から言ってるだろ」

「申し訳ありません」

「謝る前にどうして黙ってたかを言え」

言いたくなさそうな雰囲気を出す柳だが、朔は逃してはくれない。

しぶしぶという様子で重い口を開いた。

「……あの子は散々両親に振り回されてきました。もう十分尽くして裏切られてきた。その上で、両親に力を披露するわけではなく隠すことを決めたというなら、その意思を尊重したかったのです。あの両親なら華の力を知れば、これ幸いと使い潰《つぶ》すのが目に見えていましたから」

「だったらお前が守ってやったらよかっただろう。あの両親から。華も、葉月も」

「俺では駄目なのです。俺では余計にあの両親……いや、父親を刺激してしまう。これまで以上に華と葉月の扱いが悪くなる可能性があったので、手を出すわけにはいきませんでした」

話しながら静かにぐっと手を握る柳からは悔しさがにじみ出ていた。

そんな姿を見てそれ以上責めるなんてできなかった朔は、深く息を吐く。

「まったく、お前達は似たもの同士だな。兄妹《きょうだい》のことに無関心そうでいて、なにより兄妹を大事に思っている」

華が朔に葉月を家から出すために後見になってくれと頼んだ時、朔は「面白い」と口にした。

その意味するものは、目の前の柳だ。

華がその話をしてくる少し前、柳が同じように、葉月を助けるために朔が後見人となり、しばらく一ノ宮で預かってくれと願い出ていた。

華と柳はほぼ同時期に同じ願いを朔にしていたのだ。

普段から、家のことも妹達のことも興味がなさそうにして、家を空けてばかりの柳なのに、そこには深い愛情があった。

「知ってるぞ。お前のその内ポケットにある手帳。そこにいつも妹達の写真を入れてるだろう」

柳は反射的に胸元を手で隠した。

柳からは胡乱《うろん》げな眼差《まなざ》しが向けられる。

「知ってる奴は知ってる。お前が時々女児二人の写真を大事そうに見ているのをな」

ニヤリと口角を上げる朔に見られ、柳は恥ずかしそうにそっぽを向いた。

「お前のロリコン疑惑も上がってるが、あれは小さい頃の華と葉月だな？」

「見たんですか？」

「前に一度だけな。同じ顔の女二人だったのを覚えているから、たぶん華達かと思っただけだ。間違ってるか？」

「いいえ、その通りです。あの二人が物心つく前の、まだ無邪気な子供でいられた頃の写真です」

柳は胸ポケットから手帳を取り出すと、そこに挟んでいた写真を引き出す。

まだ幼い華と葉月がいた。

二人を抱きしめるように柳がいる。

華と葉月は知らない、三人で撮ったただ一枚の写真。

写真の中の華と葉月は満面の笑みをしており、柳もまた穏やかな優しい笑みを浮かべていた。

過去三人で撮ったのはこれだけだ。

柳にとって大事な宝物を、これまでずっと肌身離さず持っていた。

「この笑顔を守りたかった。けれど、俺にはまだ力が足りなかった。そのせいで華も葉月もお家再興という執念に取り憑《つ》かれた両親の犠牲になってしまいました。俺ができるのはあの子達に関わらないことだけだったんです……」

「不器用な奴め」

無関心などではなかった。

きっと誰よりもあの双子を大事に思っているのは柳だった。

しかし、表に出さないが故に華にも葉月にも認識されていない。

兄ではあるがどこか遠い存在として記憶されてしまっている。

それがなんとも不憫だ。

けれど、そんな情に篤く、真面目で頑固な柳だからこそ、朔も信頼して側に置くのである。

できることなら柳のこの思いが二人に届く日が来るといい。

柳が後生大事に写真を持っておく奴だと知ったら、きっと華も葉月も驚くだろう。

「……邪魔だな」

「朔様？」

「お前の親のことだ。まさかこのままというわけじゃないんだろう？」

意地が悪く、歪《ゆが》んだ笑みを浮かべる朔に、柳は応《こた》える。

「もちろんです。あの人達にはきちんと引導を渡して表舞台から引いてもらいます」

「俺も手を貸そう。大事な華のためだからな」

写真の三人が今一緒に笑い合っている姿が見たいという願望もあった。

「ありがとうございます」

ニィッと笑った極悪な笑みに、柳は静かに頭を下げた。

普通に就職するならなおさら勉強は必要だとして、望と葉月にこってりとしぼられ、ぐったりして部屋に戻った華のところに朔がやって来た。

「あー、おかえり～」

床で行き倒れている華を朔が呆れたように見る。

「おかえりもなにも、ずっと屋敷にはいたぞ」

「そうなの？　ここって広いから誰がいて誰がいないのか分かんないんだもの」

「本家だからな。人の出入りも激しくて当たり前だ」

完全に切り離されているわけではないが、住居となっているエリアと外からの客や術者が出入りするエリアはある程度分けられているので、華の部屋まで知らぬ人が来ることはない。

本家はドーム球場が余裕ですっぽり入るぐらいかなり広く、誰が敷地内にいるのか分からないのは問題だと思う。

まあ、人の出入りは厳重に管理されているのでその点では安心だが、毎日幾人もの術者が出入りしている。

基本的に屋敷にいて一ノ宮に属する術者に指示を出している朔だが、当主であると同時に漆黒の術者でもある。

必要時には出かけることもあるのだ。

しかも、漆黒の術者に持ち込まれる案件となると危険なものが多い。

朔はいつもひょうひょうとしているので周りは気づかないが、日々命をかけて戦っている。

二十四という若さからは考えられない重責を負っているだろうに、そんな素振りは微塵《みじん》も見せない。

そこが朔のすごさでもある。

華だったらどれだけ他人のために尽くしているかとおおっぴらに言いふらしたくなりそうなのに、朔は静かに役目をこなしている。

自分にはとても真似できないと思うからこそ、華はなんだかんだと喧嘩《けんか》しつつも朔を尊敬しているのだ。

「……朔、ありがとね」

「突然なんだ？」

朔は穏やかな笑みを浮かべ、寝そべる華の側に座った。

「葉月のこと。後見人になってくれて、ここに住まわせてくれて。ほんとにありがと。

また葉月と普通に話せるようになるなんて思ってもみなかった」

お互いが無関心であるように努めていた。

話しかけることもなく、話しかけられるわけでもなく、ただ同じ家の敷地にいるだけの他人だった。

それは自分がいずれ一瀬から出た後も変わらないと思っていた。

それが朔との結婚から大きく変化し始めた。

いくら葉月が姉と言っても、簡単に後見人なんて請け負ってくれるとは思っていなかったのに、朔は華が呆気《あっけ》にとられるほどあっさり引き受けてくれた。

そして葉月を助けてくれた。

それによって大きく変わったのは二人の関係だけではなかったはず。

一瀬に使い潰《つぶ》される葉月の未来をも朔は救ってくれたのだ。

「朔には感謝してもしきれないなぁ」

「そうか？」

「うん。私の力じゃ葉月をあの家から出すことはできなかったもの。朔のおかげね」

「……だったら、それなりの褒美はもらわないとだな」

「ん？」

ニヤリと不敵に笑った朔。その顔を見て危険を察した華が逃げるより早く、華を捕まえて押し倒した。

華は冷や汗を浮かべ、この体勢はかなりヤバイと危機感を抱く。

「ななにしてるの!?」

「見てわかるだろう。愛妻を押し倒してるんだ」

「いらない、いらない！　早く退《ど》いてー」

「い・や・だ。そろそろ俺達も本当の夫婦になってもいい頃合じゃないか？　そう思うだろう？」

「全然思いません！」

華はぶんぶんと首を横に振る。

しかし、その頬に手を添えられ、本格的に逃げられなくなってきた。

「華……」

無駄に色気を発する朔に、華の脳内はパニック状態だ。

逃げることもできず、かと言って受け入れる心の準備などできているはずもなく、いっそ気を失いたかった。

いや、ここで気を失ったら、それはそれで身の危険を感じる。

近づいてくる朔の唇を手で押し返していると、スッと部屋の扉が開いた。

「華、私なりに問題をまとめてみたんだけど……」

突然入ってきた葉月は、床に押し倒されている華を見て硬直する。

それは華も同じで、石のように固まってしまった。

微妙な空気が流れる。

我に返った葉月は居心地悪そうにゆっくりと扉を閉めようとする。

「お邪魔しました。続けてください……」

「わー！　待って待って、葉月！　誤解だから」

「別に誤解じゃないだろ。続けていいと言ってるんだから華も気にするな」

「朔はだまらっしゃい！」

勢いを取り戻した華は、朔に蹴《け》りを入れて上からどかすと、慌てて出ていこうとする葉月を押し留《とど》める。

「ほんとに誤解だから！」

「そんなこと言われてもさっきの様子を見て信じられないわよ。契約婚じゃなかったの？　離婚するって言ってたのはなに？」

契約婚で間違いないと華が肯定しようとする前に、横から朔が口を挟む。

「最初は契約婚だが今は違うぞ。俺と華は相思相愛だ。だから離婚もしない」

ふふんとドヤ顔をするものだから、葉月からは疑いの眼差《まなざ》しで見られてしまう。

これではまるで華が嘘を吐いたようではないか。

この場の空気は華に不利なように動いている。

「葉月、今はちょっと出ててくれる？　朔と話があるから」

「分かったわ」

葉月もこの場にいたくなかったのか、急ぐように出ていった。

それを見届けてから華はギロリと朔を睨《にら》みつけた。

「さ～く～」

ひどく怒っていることが分かる低い声で朔に詰め寄り胸倉を掴《つか》む。

「葉月になに言ってくれちゃってるのよ！　あれじゃあ誤解されちゃうじゃない」

「誤解もなにも、ほんとのことだ。俺は離婚しないからな」

「いいかげん諦《あきら》めなさいよ……」

何度も繰り返した同じやり取りに、華も脱力してくる。

「じゃあ、聞くが、俺と離れていいんだな？」

華の様子を窺《うかが》うように問う。その真剣な眼差しに華は一瞬たじろぐ。

「本当に俺と離婚して、華は後悔しないんだな？」

「そ、そりゃあ……」

その後の言葉が続かない。

「……………」

返事のない華の頬に朔は手を伸ばす。

「俺はお前以外の女を嫁にする気はない」

「っ……」

頬を赤くする華の反応を見て、それまで真剣な眼差しだった朔がニヤリと意地悪く笑う。

次の瞬間、華の頭を引き寄せて唇を合わせていた。

それはさほど長い時間ではなかったが、華を動揺させるには十分だった。

朔は、くくくっと笑う。

「もうちょっとというところだな」

「な、なにが!?」

「華が俺に落ちるまでだ」

「ないないない！　そんなことない！　私は普通の会社員になって平和な老後を迎えるんだから」

「なんだ、まだ外で仕事するつもりだったのか？」

朔はやや呆《あき》れているように見える。

「当然！」

華には他の選択肢などないのである。

「いっそのこと卒業後は協会に入ったらどうだ？　協会からも華のことをそれとなく聞かれるんだ。お世辞じゃなく、華なら漆黒の術者も夢じゃないぞ？」

「や・だ」

術者など断固拒否だ。

「術者なんて勘弁してよ。妖魔《ようま》とは関わり合いのない生活をして、老後はどこぞの田舎でのんびりするんだから」

「田舎か……。それもいいな。なら今のうちによさそうな土地を買っておくか。式神達もいるからそれなりに広い土地が必要だな」

「なんか朔も一緒に来る気満々のように聞こえるんだけど気のせい？」

「なに言ってる。夫である俺も一緒に行くに決まってるだろ」

「えー」

途端に不満の声をあげるが、満面の笑みを浮かべた朔がじりじりと近づいてくる。

「なんだ？　またキスされたいのか？」

「遠慮します」

食い気味で否定したため、ちっと舌打ちされてしまうが、仕方ない。

朔にキスをされてしまうと、頭がいっぱいになって朔のこと以外考えられなくなってしまうのだから……。

けれど、そんなことを口にしたが最後、身を危険にさらすことになりそうなので決して口にはしない。

＊＊＊

週末、学校が休みの華は、気晴らしにと鈴と桔梗とで出かける約束をしていた。

普段着よりはおめかしをした華を見て、葉月が問う。

「華、どこか出かけるの？」

「うん。鈴と桔梗とね」

「……そうなんだ」

言葉少なに返す葉月はどこか沈んだ表情。

「葉月も来る？」

「えっ、いいの？」

思わず誘ってしまったのだが、予想以上に嬉《うれ》しそうな反応が返ってきて華は目を見張る。

「う、うん。葉月が嫌じゃなければ」

「そんなことない。誰かと遊びに出かけるなんて初めてだから嬉しい」

聞き捨てならない言葉に、華は怒り混じりで「はあ!?」と反応した。

「友達と遊びに出かけたりしなかったの？」

「ええ。だって、そんな暇なかったし……」

落ち込んだように見える葉月の様子を見て、華は失念していたことを悟る。

葉月は両親により分刻みのスケジュール管理をされていた。

学校から帰宅後も、そして休日も。葉月に自由時間なんてものは存在しない。

そんな葉月に友達と遊ぶという普通の子供のような時間があるはずもなかった。

沸々と怒りが湧いてくる。

「あのクソ親父共っ」

家を出る時、一発や二発は拳《こぶし》を叩《たた》き込んでおいた方がよかったかもしれない。

次に会った時は迷わず実行しようと心に決める。

けれど、無関心でいた華も同罪である。

過去に戻れるものなら今すぐ戻りたいが、そんなことは不可能で。

ならば華がすることは決まっている。

「葉月も行こう！　鈴も桔梗もいい子達だから大丈夫。今日は思いっきり遊ぼう」

「うん」

支度をすると部屋に行った葉月を待って、二人で出かける。

待ち合わせ場所には鈴と桔梗がすでに来ていた。

桔梗の側に桐矢がいないのは初めてのことではないだろうか。

桐矢のサポートなしに桔梗が一人で集合場所に来られるか心配だったが、ちゃんと来られたようだ。

「華ちゃーん。おはよう」

「華さん、おはようございます」

鈴と桔梗の二人は、隣にいた葉月の姿を目に収めて驚いた顔をした。

「華ちゃんのお姉さんだー」

鈴は他意などなく無邪気に喜んでいる。

一方で、桔梗は困惑した表情だ。

「どうして葉月さんが？」

「二人には言ってなかったっけ。今、葉月は一ノ宮の屋敷で生活してるの」

「そうなの？」

目を丸くする鈴と違い、桔梗は納得した様子。

「なるほど。それで、最近華さんや望さんとご一緒に登校されていたんですね」

「そういうこと。まだ新聞部も知らないみたいだけどね」

まだ新聞部も発信していない情報である。

思ったより情報を摑むのが遅いようだ。そう思っていたら、葉月が訂正する。

「違うわよ、華。新聞部はもう情報を持ってるけど、ご当主様が止めていらっしゃるのよ」

「そうなの？」

「私にもあまり一ノ宮で暮らしていることは周りに話さないようにおっしゃってたわ。なにかお考えがあるんじゃないかしら」

「ふーん。考えねぇ。私はなんにも聞いてないけどなぁ。ていうか、それならそうと言ってくれないと、二人に話しちゃったじゃない」

なにか一瀬の親に対して対応を考えているなら教えてくれればいいものを、華だと周りにペラペラ話すとでも思われているのだろうか。

そうだとしたら心外だ。

「さすがの新聞部もご当主様直々の命令なら逆らえないもんねー。私は大丈夫だよ。口の堅さには定評があります！」

そう胸を張るが、普段から噂話に素早く反応する鈴である。

どこまで貫き通せるか不安なところだ。

「私もここだけの話にしておきますので安心してください」

桔梗ならば信用できそうだ。などと思っていることを鈴が知ったら怒りそうだなと、華は静かに考えていた。

「信用してるからね。じゃあ、話を切り替えて、早速どこ行く？」

予定では、ブラブラ街を歩きながら気になったお店に入るというつもりだったが、葉月がいる。

華が葉月を見ると、他の二人の視線も自然と葉月に向かう。

「葉月は行きたいところないの？」

「私が決めるの？」

葉月は困惑した様子。

「だって、友達と遊びに行くの初めてなんでしょう？　それなら行ってみたいところとかないの？」

「え！　華ちゃんのお姉さん、遊びに行くの初めてなの？」

「ええ。あと、華のお姉さんじゃ言いづらいでしょうから、私のことは葉月でいいわよ」

「はーい。じゃあ、葉月ちゃんね」

葉月には『ちゃん』呼びがどうも新鮮だったらしく、嬉しそうにはにかんだ。

学校ではトップの成績かつ、人型の式神を持っているということで、他の生徒とは一線を画する葉月を、気安くちゃん付けする者はいなかったのだろう。

気負わぬ鈴の性格がいい結果を生んだようだ。

「葉月ちゃんはどこに行きたいの？」

「えっと、私は……」

もじもじする葉月には、どうやら行きたいところがある様子。

「ゲームセンターってところに行ってみたいの」

「そこも初めて？」

鈴に聞かれて恥ずかしそうに頷《うなず》いた葉月を見た華は、心の中で何度も両親を殴っていた。

「よし、じゃあ行ってみよう」

「おー」

ノリのいい鈴が腕を上げる。

そうしてやって来たゲームセンター。

大きな音がガンガン鳴る店内に、葉月は目を丸くしている。

葉月にとったら未知との遭遇に等しいのだろう。

興味津々に店内を見て回っている。

「葉月、ＵＦＯキャッチャーしよう。初心者向けのゲームだから葉月でも大丈夫よ」

「ええ」

やや戸惑いながら、どの景品のものにするか決める。

「ここにお金を入れるのよ」

と、そこまで言ってから華ははっとする。

友人と遊んだこともない葉月は、あの両親からお小遣いをもらっていたのか？

必要ないと渡されなかった可能性がある。

華もバイトなどはしていないが、一瀬にいた頃は放置する代わりに一定の生活費が紗江を通して渡されていた。

お金を渡すことで、ちゃんと自分達が世話をしてやっているという気でいたのだろう。

だが、そのお金すら忘れる時があって、紗江が慌てて請求しに行くこともしばしばあった。

今は朔から毎月決まった額のお小遣いをもらっているので、お金の心配をしなくなって助かっている。

しかし、居候の立場の葉月が朔に金銭を願い出るとは思えなかった。

お金がないなんてなったら、葉月に恥をかかせてしまうと、華は慌てて自分の財布を取り出した。

「私が出すね！」

しかし、葉月は華の手を止める。

「いいわよ。そこまでしてくれなくても、それぐらいちゃんと持ってるし」

「えっ、お金持ってるの？　馬鹿親父達からお小遣いもらってた？」

バイトをする暇のなかったはずの葉月がお金を持っている理由があるとしたら、それしかないと思ったのだ。しかし……。

「違うわよ。本当に華は術者のことにも学校のことにも無関心なのね」

呆《あき》れるように息を吐いたのは葉月だけでなく、桔梗までも似たような表情をしていた。

「華さんは知らないことが多いですからね」

「華ちゃんは授業中、サボるか寝てるだけだもんね」

桔梗も鈴もずいぶんと言いたい放題だが、本当のことなので否定できない。

「Aクラスは妖魔《ようま》の討伐に駆り出される時に、多少だけど報酬が支払われるの。Aクラスは課外授業という名目で、夜遅くまで妖魔と戦うために時間を拘束されたりもするから、バイトができない子のためでもあるみたい。私はこれまで使う機会がなかったから、華が思ってるよりそれなりに溜《た》め込んでるの。心配しなくても大丈夫よ」

それを聞いて華は少し安心した。

「そうなんだ。必要なら朔に頼もうかと思ってたのに」

「本家に置いてもらってるだけで十分なのに、お金の面までご当主様に迷惑かけられないわよ」

「大丈夫よ。一ノ宮のご当主様なんだから、お金なんかありあまるほどあるわよ。桔梗なんて朔と別れさせるために、私に三十億払おうとしたぐらいだもん」

途端にワタワタと慌て出す桔梗に、華はクスリと笑う。

今思い返しても惜しいことをした。

朔がタイミングよく止めなければ、あとちょっとで三十億を手にできたのに。

「そんなことしたの？」

葉月はびっくりした目で桔梗を見た。

「華さん、それは言わないでください～。私も反省してるんですから」

「反省しなくてもいいのに。今からでも三十億くれたら離婚届にサインするわよ～」

冗談交じりで口にしたのに、桔梗は急に真面目な顔になる。

「それはやめた方がいいと思います」

「なんで？」

「離婚届なんて朔様に渡したが最後、一ノ宮の権力を最大限利用して華さんの囲い込みを始めますよ。冗談で今の自由な生活を手放しちゃ駄目です！　朔様相手には自殺行為ですー」

桔梗に肩を摑《つか》まれガクガク揺さぶられる。

「いくら朔でもそこまでしないわよ」

「いいえ！　華さんは朔様を舐《な》めてますよ。私は断言します！　離婚を言い出す前に手籠《てご》めにされます！」

真面目な顔でなんて恐ろしいことを大声で叫ぶのか。

「いやいやいや」

「いやいやじゃありません。華さんは甘く見てるんですよ。朔様にはそれができる権力があるんですよ？　それに朔様が華さんを映す目を見ていたら分かります。ギリギリ理性を保ってる目です。あれは絶対ヤバイです！　桐矢も言ってました。華さんかわいそうって」

「知らないところで憐《あわ》れまれても困るんだけど……」

桐矢らしいというかなんというか。

「桐矢は、二人を見ていると、狼に捕食される兎を見ている気分になるらしいです」

これまた反応に困る表現だ。

すると葉月までが乗っかり始めた。

「確かに、ご当主様は離婚しないっておっしゃってたわ。それにその時押し倒されてたし……」

「葉月まで……」

「きゃー、すでに襲われてるじゃないですか！　駄目ですよ、華さん。式神達を側から離したらあっという間に捕食されてしまいますよ」

何故か、華ではなく桔梗の方が焦っているではないか。

「特に犬神の式神は絶対に側から離さないのが吉です。さすがの朔様も神を相手にはしませんからね。分かりましたか!?」

「う、うん。分かった……」

あまりの勢いに迫力負けしてしまう華。

「親友の貞操は守ってみせますからね」

「いやいや、貞操って……」

なにやらやる気をみなぎらせている桔梗だったが、そこで待ったをかける声が参戦する。

「なに言っちゃってるんですか！　華ちゃんとご当主様は家族の反対を押しのけて結ばれたロミオとジュリエットなんですよ！　二人の邪魔をするのは華ちゃんの本当の親友である私が許しません！」

ビシッと人差し指を桔梗に突きつけるのは、未《いま》だにいろいろと勘違いしている鈴だ。

「なにを言ってるはこっちの台詞《せりふ》です。朔様はああ見えてかなりヤバイ男なんですから」

「愛されてる証拠じゃないですかー」

「そうではなくてですね」

「カオスだ……」

言い合いを始めた鈴と桔梗の横で、華は遠い目をした。

結局華を置いてけぼりに盛りあがってしまっている。

「葉月、あっちのゲームしに行こう」

「放っておいていいの？」

「大丈夫、大丈夫。よくあることだから」

仲がいいのか悪いのか、よく口論に発展する鈴と桔梗だが、険悪な雰囲気になったことはない。

喧嘩《けんか》を楽しんでいるようなところもあり、最初こそ止めに入っていた華も、最近では放置している。

気になったゲームをしながら葉月に問う。

「葉月は卒業後は協会に入るの？」

「そうなるでしょうね。前にも言ったけどすでに協会から勧誘はあったから。柊を役立てるためには、やっぱり術者の世界に身を置くのが一番だし。それに、私には普通の世界で生きていくのは難しそうだもの」

術者として生きることを決められてきた葉月は普通がどういうものか分からない。

誰も葉月に教えなかった。知らない世界に飛び込むのはとても勇気がいる。

まあ、協会も、人型の式神を持つ葉月を放置するはずがないのは聞くまでもなかった。

「でも、勧誘ならとっくに華にも来てると思ってたんだけど。学校での事件解決に貢献したり、人型を二体、さらには犬神を式神にしている華なら確実に声がかかりそうなのに」

「今のところは全然かな。まあ、朔との取引で普通の会社員になりたいって要望を出してたから、朔が気を遣って止めてくれてる可能性はあるかも」

そうでなければ、学校襲撃で派手に力を見せた華に、協会が目をつけないはずがない。

教師からAクラスへの編入の打診があったほどだ。未だに接触がないのが不思議なぐらいだった。

なにかしらの力が働いていると考える方が自然だろう。

「でも、実際に協会が接触してきたら面倒だなぁ。朔に丸投げしたらなんとかしてくれるかな？」

一華はそんなに協会に入りたくないの？」

「絶対やだ」

「それだけの力を持ってるのに」

葉月からは、もったいないという声が聞こえてくるようだ。

だが、葉月がなんと言おうと、華の進路希望はごくごく普通の会社員である。

朔にもその辺りのことを改めて伝えておいた方がいいかもしれない。

間違っても協会からの話を持ち込んでこないように。

そうして葉月と二人でいると、突然男性が声をかけてきた。

「なあ」

「ん？」

真っ白な髪をした、モデルのように容姿の整った男性だ。丈の長いコートを見事に着こなしている。

耳にピアスなどアクセサリーをしていてチャラそうな雰囲気もあり、その眼光は高圧的にも感じる。

知り合いではないはずなのに、ぶしつけな視線を向けてくるではないか。

彼は唐突に華と葉月を交互に見てから、考えるように顎《あご》に手を置く。

「どっちが朔と結婚した方だ？」

「は？」

名乗る前にそんなことを問うてくる男性を怪訝《けげん》そうに見る華。

「あなた誰ですか？」

華が先に声を発したため、男性の視線が華に向かう。

すると、彼の視線は華の髪に止まるあずはへ。

なにを思ったのか、男性はあずはに手を伸ばし鷲摑《わしづか》みにした。

これに慌てたのは華である。

「ちょっと！　なにしてるのよ!?」

大事なあずはを乱暴に摑まれてカッとなった華は、あずはを取り戻すべく手を伸ばすが、身長差故に届かない。

ふんっと馬鹿にするように鼻で笑われ、華は怒りのあまりふるふると体を震わせる。

「くっ、その子を返して！」

「嫌だと言ったら？」

明らかに華を馬鹿にしている。悔しさに歯嚙《はが》みしていると、あずはが抑えていた力を全開にし、全力で男性にあらがった。

「わっ！」

男性はあずはが発した光の粒子から目をかばう。

その瞬間にあずはは難なく抜け出して、無事に華の下に戻ってきた。

「あずは、大丈夫？」

『大丈夫』

ほっとする華は、目をつり上げて失礼すぎる男性を睨《にら》みつけた。

「ふーん、その力を見ると、そっちが朔の嫁か。双子の妹の方は落ちこぼれって話だったのに、情報が古かったか？」

「あなたには関係ないわよ！」

怒り心頭に発した華の横で、葉月は彼の胸元に目をとめる。

そこには、見慣れたペンダントが首から下げられていた。

葉月は慌てて華の腕を摑む。

「華、待って。この人、漆黒のペンダントをしてるわ」

「そっちの片割れの方が冷静じゃないか」

男性は華を嘲笑《あざわら》うように首から下げたペンダントをこれ見よがしに見せる。

「俺は三光楼雪笹。この間、漆黒になったばかりだ」

「えっ！」

名前を聞いて葉月はひどく驚いた様子だが、華はそれがどうしたとばかりに目の前の男への怒りで頭がいっぱいだった。

華にとってあずはは特別なのだ。

我が子と言ってもいい大事なあずはを乱暴に扱われて黙っていられるわけがない。

どうしてやろうかと、何パターンかの技を思い浮かべていると、男がおもむろに告げる。

「あんたさ、朔と別れてくれねぇ？」

「初対面の知りもしないあなたに言われて、はいそうですかと別れるわけがないでしょう。馬鹿なの？」

今度は華の方が馬鹿にするように笑ってやった。

すると男は、こめかみに青筋を浮かべる。

「誰にものを言ってんだ？　勇気と無謀は同じ意味じゃないんだぜ？　ちゃんと相手を見て言葉遣いに気をつけろよ」

一瞬で冷淡な顔に変わりすごむ雪笹という男性は、鋭い眼差《まなざ》しで華を見据える。

男でも気圧《けお》されそうな視線を前に、葉月は息をのんで後ろに下がったが、華はむしろ前に出て応戦した。

自分の方から視線を外すことはないというように。

すると、男性は小さく「生意気な奴だな」と呟《つぶや》くと、華の腕を掴む。

華はとっさに振り払おうとするが、強すぎる力に顔を歪《ゆが》ませる。

「離しなさいよ」

相手を威嚇するように低い声を発するが、相手に効いた様子はない。

けれど、決してその目から視線を外すことはしなかった。

目をそらした方が負けのような気がして、雪笹に対して怒りで頭がいっぱいの華は、負けたくないというただその思いで睨み続けた。

そうして睨み合っていると、その場に「あー！」という桔梗の声が響く。

どうやらやっと鈴との口論が終わったようだ。

今日はずいぶんと長かった。

「雪笹さんじゃないですか！　華さんになにをしてるんです⁉」

そこでようやく二人の睨み合いは終わり、視線が桔梗へと向かうと、雪笹は急に苦虫をかみつぶしたような顔になった。

「なんだ、泣き虫娘か。今日は相方はどうした？」

びくりと体を震わせた桔梗は、鈴と喧嘩《けんか》している時とは違って怯《おび》えるように眉《まゆ》を下げた。

「あ、あなたに関係はありません。そそそれより試験はどうなったのですか？　今頃漆黒の試験をしているはずでしょう？　またサボりですか？　お母君に告げ口しますよー！　早く華さんから手を離しなさい」

怖いのか、若干距離を置きながら叫んでいるので、助《すけ》っ人《と》としてはなんとも頼りない。

それでも雪笹の怒気を削《そ》ぐことはできたようで、相手が急速にやる気をなくしていくのが分かる。

「興ざめだ」

振り払うように華の腕を解放する。

折れてはいないだろうが、あまりにも強い力で握られたせいで少し痛む。

けれど、この男の前で弱っているのを見せたくはないと、腕を気にしないようにして必死でガンを飛ばす。

もしまた近づいてきたら全力で攻撃してやろうと威嚇している華とは違い、雪笹はなにも言わずそのまま背を向けて人混みの中に消えていった。

袖《そで》をまくると、見事にアザになってしまっている。

「一発ぐらいお見舞いしとくんだった」

そんな負けず嫌いを発動していると、鈴と葉月が心配するように近づいてくる。

「華ちゃん、大丈夫？　うわっ、アザになってる」

「華、痛みは？」

「平気。それより、桔梗はさっきの奴知ってるの？」

するという答えたのは鈴だ。

「たぶんあの方のこと知らないのって、ここにいる中で華ちゃんだけだよ」

「えっ、そうなの？　葉月も？」

葉月を見るとこくりと頷《うなず》いた。

「顔だけじゃ分からなかったけど、名前ですぐに分かったわ」

「鈴も？」

「そりゃあ、私の家は三井《みつい》。三光楼は本家だもん。お話ししたことはないけど、顔ぐらいは知ってるから」

「えー」

結局華だけが置いてけぼりというわけだ。

「桔梗、説明ちょうだい」

「彼は三光楼雪笹。その名の通り五家の一つ、三光楼の人間で、現当主のご子息です。それと同時に、三光楼の次期当主に指名されている方でもあります」

「桔梗と桐矢と同じ立場の人ってこと？」

「いえ、私と桐矢はまだ当主候補ですが、彼はすでに次期当主に決まっています。なにごともなければですけど」

あんなのが当主とは、判断ミスではないのか。

華は雪笹を次期当主に決めた誰かに文句を言いたくなった。

「三光楼っていうと、五家の中では守りに特化した家よ」

華に分かりやすいように補足してくれた葉月の後に、桔梗が続ける。

「葉月さんの言うように、強力な結界を張るのを得意とする三光楼家の中で、当主に指名されるだけあって実力は折り紙付きです。瑠璃色《るりいろ》の術者であった彼は、漆黒になる昇級試験を受けているという話だったんですが……」

言葉を止めた桔梗に代わって葉月が続ける。

「さっきあの人は漆黒のペンダントをしていたわ」

それを聞いて驚く桔梗。

「ということは、無事に昇級試験に合格したようですね。……なるほど。昇級試験を終えて戻ってきたら朔様の結婚話を聞いて、相手を確認しに来たといったところでしょうか。災難でしたね、華さん」

憐憫《れんびん》を含んだ眼差しを向けられるが、華は非常に不愉快だ。

「朔と関係ある人なの？」

「ええ、朔様とは昔からの友人です。といっても、雪笹さんの一方通行な感じですけどね。雪笹さんの方はかなり朔様に執着してましたから、どんな相手を選んだか気になって仕方なかったんでしょう。まったく、暇人ですね」

「誰かさんに続いて、またややこしそうなのが出てきたわね」

華は桔梗をじっと見ながら、大きなため息を吐いた。

「どうして私を見てため息を吐くんですかぁ！」

途端に半泣きになる桔梗に、そういうところだぞと告げたくなる華であった。

＊＊＊

三光楼の人間が会いに来るというトラブルが起こったため、その日は早々にお開きとなった。

華が怪我をして帰って来たと知るや、葵がブチ切れ剣を振り回して、雪笹という男を切ってくると屋敷を飛び出していこうとしたのを、雅が冷静にピコピコハンマーで大人しくさせ、華の手当てをするのが先だと救急箱を持ってきた。

「主《あるじ》、本当に大丈夫なのか？」

「大丈夫だってば」

「そうは言いましても、主様の柔肌にこんな跡を残すなんて許せませんね」

「だろう!?　雅だってそう思うだろ。だったらお礼参りはしっかりしとくべきじゃねぇか？」

「一理あります」

黒い笑みを浮かべる雅の目は笑っておらず、華の腕に跡を残されたことにぶち切れているのが分かる。

葵も煽《あお》るものだから、今にも飛び出していきそうだ。

「駄目だってば」

「けどさぁ〜」

華が止めたことに対して葵は不満そう。

「雪笹って奴、三光楼の次期当主に指名されているだけあってかなり力を持ってたのよね。あずはを簡単に捕まえちゃうぐらいだもの、その辺の術者とは格が違うわ。下手に喧嘩売ってあなた達が逆にやられでもしたら悲しくなるから駄目」

まあ、その危険な相手に散々ガンを飛ばして、いつでもかかってこいやぁ！　とばかりに睨《にら》んでいたのは他ならぬ華である。

側に葉月がいなかったら間違いなく一発以上お見舞いしていた。

だが、冷静になってみると、相手は三光楼の次期当主。

一ノ宮当主の妻である華が手を出したら、後々の火種になってしまう恐れもあったので、手を出さなくてよかった。

まあ、逆に手を出されて腕を負傷したわけだが……。これは三光楼側に文句を言ってもいい案件ではないだろうか。そこは朔の判断に委《ゆだ》ねるしかない。

「主様、先に手当てをしましょう」

「後は私が自分でやるから皆は部屋から出てて」

「ですが……」

「手当てぐらい一人でできるわよ」

だんだんアザの色がひどくなっていく腕を見せるのは忍びない。

式神達にあまり心配をかけたくはないのだ。

「ほらほら、それよりなにか軽食とお茶持ってきて。本当は皆でランチする予定だったのに、あの男のせいで食いっぱぐれちゃったの。あっ、葉月のところにもね」

雅はしばしじっと華を見つめた後、仕方なさそうに息を吐いた。

「分かりました。用意してまいりますので、きちんと手当てなさってくださいね」

「分かったって～」

ヘラヘラと笑う華を心配そうに見てから、雅と葵は部屋から出ていった。

その後ろをあずはが追う。

一人きりとなった部屋で、華は大きなため息を吐いた。

「ああ～、もう。あの男ったら盛大に掴《つか》んでくれちゃって。馬鹿力め」

グチグチと文句を言いながら、救急箱を開けて手当てを始める。

時間が経つにつれてズキンズキンと痛みが強くなっている気がする。

式神達の前では強がっていたが、正直かなり痛い。

恨み言が次々に口から漏れるのは仕方ないというもの。

ブツブツ不満を口にしながら手当てしているが、片手だとなかなか思うようにいかない。

それがまた苛立《いらだ》ちを大きくする。

「やっぱり雅に手当てしてもらった方がよかったかな」

しかし、天女のように美しく優しげに見えて、葵より沸点が低いことを知っているため、頼みづらい。

しばらく格闘していると、部屋に朔が入ってきた。

朔の顔を見るや恨み言が口から出る。

「朔～。あなたの交友関係どうなってるのよ」

「聞いた。雪笹が悪かったな」

「なんで朔が謝るのよ。朔のせいじゃないでしょ」

「俺が理由というのが大きいだろうからな。……貸してみろ」

朔はやりづらそうに手当てをしている華を見かねて、交代を買って出てくれた。

そのお言葉に甘えて道具を渡すと、朔は丁寧に手当てを始める。

「痛いか？」

「すっごく」

雅達には大丈夫と強がっていたのに、何故だろうか。朔が相手だと気を遣わず、遠慮なんてせずに言いたいことを言える。

年齢は朔の方が上なのに、対等に向き合える。思えば不思議な関係性だ。

「悪かった」

「だからなんで謝るの？」

「最近結婚を知った雪笹から、離婚しろと迫られていたんだよ。まあ、当然断ったがな。けど、あんまりにもうるさいから着信拒否してやったんだ。そのせいで余計にあいつの興味を刺激したらしい」

「なんで他人が離婚しろとか言ってくるのよ」

「あいつの勝手な物差しで、華は俺に相応《ふさわ》しくないと思ってるだけだ。柱石のためだけに結婚したと思ってる。それと、結婚したのをなにも知らせずにいたのもムカついたってところだろ。漆黒の試験中の奴にどう伝えろっていうんだか。まあ、なんにせよ、あいつを放置していた俺の責任だ」

アザになった華の腕を、朔は申し訳なさそうに撫《な》でた。なにやらいつもの朔の勢いがないように感じる。

華は思わず頭を撫でそうになって、慌てて手を引っ込めた。

「あの人とは友達なの？」

「友人というかなんというか……」

「なに？　はっきりしないわね」

「少々やんちゃしていた頃の仲間だ」

「やんちゃ？　朔が？」

立派に当主の務めをこなしている今の朔からは、まったく想像ができない。

「これでも学生の頃はかなり荒れてたからなぁ」

「そうなの？」

華は驚いた目で朔を見つめる。

「意外か？」

「まあね」

華が即答すると、朔はクスクスと笑った。

「いろいろと嫌になってたんだよ。世界中が敵のように見えていた」

朔は息を吐いて、一拍置く。

「あまり思い出したい過去ではないんだがな……」

静かに語り出す朔を華はじっと見るが、朔はここではないどこかに思いを馳《は》せているようだった。

「華は以前に望の気持ちが分かるようなことを言っていたが、逆に俺は葉月の気持ちがよく分かる。周りからの期待と重圧。それに応じようとして自分を追い詰めていくんだ。その結果、ぶっ壊れた。一時は母上でも手がつけられないほどだったな」

しみじみとした様子で軽く話すが、内容は全然軽くない。

「華の言葉を借りるわけではないが、どうして誰もかれも比べたがるんだろうな……」

その顔はどこか寂しそうで、そして痛みを感じているようだった。

傲岸不遜《ごうがんふそん》で、自信家で、常に強く、結界師というレールの上を外れることなく生きてきたのかと思っていた。

だが、朔は朔なりの葛藤《かっとう》があったのだろう。

初めて朔の弱さを見た気がする。

華は思わず朔を抱きしめた。

朔は驚いたように目をぱちくりさせる。

「なんだ？」

「前は朔がしてくれたから、今度は私がしてあげてるの」

ゆるっと微笑む朔は静かに目を閉じて華を受け入れた。

「……雪笹はその頃に出会った。あいつもあいつで当時はまだ候補だったが、次期当主最有力候補だった。似たような悩みと苛立ちを持っていたから、他の奴といるより息がしやすかったんだよ。だから友人とは少し違う」

「そうなんだ。向こうは朔の嫁をかなり気にしてる様子だったわよ」

「あいつは未《いま》だに少し昔を忘れられないでいるんだ。だから俺に執着しているところがある。いつまでもあの頃と同じでいられないってのにな。困った奴だ」

くくくっと小さく笑う朔は華と目を合わせる。

意志の強いいつもの朔の目だ。

後頭部に手を回されゆっくりと朔の顔が近づいてくる。避《よ》けようと思えばできたのに、華は逃げなかった。

合わさる唇から相手の温《ぬく》もりが伝わってくる。

「……押して駄目なら引いてみろとはよく言ったものだ」

先程までの弱々しさはどこへやら。

ニヤリと笑い、いつもの傲岸不遜で意地の悪い朔に戻っていた。

華は呆気《あっけ》にとられる。

「雪笹に離婚を迫られて、桔梗の時とは違ってそれはもう力強く離婚を否定したそうじゃないか」

「そ、それは違くて一

「違わないな。いやぁ、離婚するといつも言ってるくせに、本当はそんなに愛されているなんて嬉《うれ》しいよ」

「違うから！　あいつがムカついたから言いなりになりたくなかっただけっ！」

華はあたふたしながら必死で言い訳するも、朔を喜ばせるだけだった。

「はっはっはっ。恥ずかしがらなくていいんだぞ」

華の反応を楽しむように笑う朔を、恨めしげに見る。

「朔のアホー！」

純粋に心配していたのにひどい裏切りだ。

ポカポカと叩《たた》いてやったがむしろ喜んでいる。

「こらこら、負傷してるんだからやめとけ。痛くなるぞ」

「痛いわよ！　誰のせいだ」

朔は痛みのある方の手を優しく持ち、手当ての続きをする。

最後にしっかりと包帯が巻かれた。

「大げさじゃない？」

「念のためだ。ひどくなるようなら病院に行けよ」

「はいはい」

手当てが終わったが、朔は未だに放してくれない。

なにかあるのかと様子を窺《うかが》っていると、包帯の上から腕に唇を落とした。

まるで壊れ物を扱うように優しく。

華はとっさに言葉も出ず、口をパクパクさせていると、朔は唇をつけたまま華を見つめる。

その真剣な眼差しに、華は硬直したように動けなかった。

ゆっくりと朔の唇が離れる。

「雪笹には俺の方から警告しておく。また同じようにされたらすぐに俺に助けを求めるんだぞ」

「……うん」

「いい子だ」

最後に優しく華の頭を撫でてから、朔は部屋を出ていった。

残された華は赤くなった顔を両手で隠す。

「なんなのよ、もう……」

いろんな顔を見せる朔に翻弄《ほんろう》されているのが分かるからこそ、自分の中に芽生え始めているこの感情に手がつけられない。

三　章

雪笹に会ってから数日後。

幸いにも腕の痛みはすぐに引き、アザもほとんど分からないほど消えかかっていた。

もし今度会ったら一発ぐらいお見舞いできないかと考えていたが、どうやらその後、朔が雪笹に直接会って話をしてきたらしい。

華の代わりに一発お見舞いしておいたと聞いたので、今回は朔に免じて許してやろうと思っている。

しかし今後また同じようなことがあれば遠慮するつもりはない。

来るなら来いと意気込んだものの、三光楼の次期当主にそうそう出会うはずもなく、平和そのものだ。

そんなある日、学校の昼休みに放送で華の名が呼ばれた。

校長室に来いということだが、理由がとんと思いつかない。

「華ちゃん、校長室に呼び出されるなんて、なにかしたの？」

鈴が茶化すように問うが、なにも覚えはない。

「まったくない。たぶん、なにもしてないはずなんだけどなぁ」

比較的学校内ではいい子で過ごしている。

成績はとてもいい子とは言えないので、そこをツッコまれると辛《つら》いところだ。

「まさか赤点ばっかりだったのを怒られるんじゃないでしょうね」

「一ノ宮当主の奥さんなのにさすがにヤバイよねぇ」

鈴も否定しないところから言って、可能性はなくはない。

「朔にも怒られたのに今さら先生にまで怒られたくないわよ。聞かなかったことにしようかな」

「駄目だよ、華ちゃん。ちゃんと行かないと、お説教が増えちゃうんだから」

鈴の中では、すでに華がお説教されることになっているみたいだ。

ますます行きたくなくなる。

しかし、鈴の言う通り、お説教が増えるのは勘弁願いたいので素直に校長室へ向かった。

校長室の扉をノックするとすぐに「入りなさい」と返事があったので扉を開け、おそるおそる中に入る。

赤点の言い訳を考えていた華は、ソファーに座る二人の人物に目が留まり、目を大きく見開く。

校長の向かいに座っていたのは、華の両親だった。

二度と会いたくはなかった顔に、否《いや》が応《おう》でも眉間《みけん》にしわが寄る。

「なんであなた達がいるのよ」

低く怒りを押し殺した声色で問いかけると、校長が立ち上がった。

「まあまあ、どんな行き違いがあったか知らないが、あんまりご両親を心配させるものじゃないよ。私は席を外しておくから、ご両親と仲直りしなさい」

「は？」

校長の言っている意味が分からない華は怪訝《けげん》な顔をするが、校長はにこやかな顔で校長室から出ていった。

おそらくだが、両親がなにかしら嘘を吐いて校長を言いくるめたに違いない。

誤解したままの校長がいなくなると、それまで笑っていた両親の顔から笑みが消える。

そして、まるで親の敵《かたき》のように憎しみに満ちた目で睨《にら》まれた。

とてもじゃないが、実の娘に向ける顔ではない。

まあ、それは華も同じだ。

実の親に向けるものではない苛立《いらだ》たしげな表情で二人を見据える。

華の背後では姿を消した葵と雅が警戒していたが、朔とは違い、両親は気づく素振りもない。

しかし、漆黒を持つ朔と比べるのはかわいそうかと思い直す。

もう二度と顔を見たくなかった相手。

無視してここから去るのは簡単だし、朔から当主命令で接触不可を言い渡すこともできるが、二人がわざわざ学校にまで足を運んだ真意が知りたかった。

下手に逃げて、今度は葉月を呼び出されたらたまったものではないから、華は大人しく話を聞くために、両親の向かいのソファーにどかりと座り脚を組む。

なんとも横柄な態度に、即座に父親が反応した。

「親の前でなんだ、その態度は⁉」

激昂《げきこう》するが、だからなんだと言わんばかりに華は態度を変えない。

「親と思ってないんだからいいでしょう。で、わざわざ校長まで巻き込んでなんの用なの？」

「決まっているだろう！　朔様に話を通して、一瀬の家を優遇するように頼むんだ。お前ときたらこれだけの時間がありながらまったく動く素振りがないじゃないか。お前も一瀬の者なら一瀬の家のために動かんか！」

華の心が急速に冷えていく。

華はがっかりした。

彼らに対し、まだがっかりする余地があることにびっくりだが、期待していた気持ちはわずかながらもあった。

あんなに大事にしていたはずの葉月が家を出て、葉月の心配でもしているのかと。

自分はもういい。とっくに諦《あきら》めているから。

けれど、葉月は華と同じではなかっただろうと両親に問いたい。

それなのに、彼らから出てくるのは手塩にかけていた葉月の心配ではなく、家のことだけ。

もしわずかばかりでも葉月を気にしている言葉が聞けたなら、彼らを見直したかもしれないのに。

現実はどこまでも非情だ。

彼らから葉月の名が出てくる様子はない。

怒りを通り越してなにも感じなくなってくる。

「こんなことは私がわざわざ命じる前に動くのが当然だろう！　当主の嫁になったのだから、もっと媚《こ》びを売って一瀬を売り込まないか。この無能が！」

そこに華への気遣いはない。

どこまでも華の気持ちを無視した言い草に呆《あき》れてくる。

何様のつもりで華をそこまで責めるのか。

一瀬であのような扱いをされ、それでも一瀬のために動くと本気で思っている辺りがおめでたい頭をしている。

華が両親を見る目はひどく冷淡だった。

「馬鹿じゃないの？」

「なんだと？」

「ねえ、なんで私が一瀬のために朔に媚びなきゃならないのよ。そんな恥知らずな真似、できるわけないでしょう。自分達が恥知らずだからって私まで巻き込まないでよね」

「誰が恥知らずだ！」

「あなた達以外に誰がいるのよ。これまでいない者として扱ってきたくせに、まるで手のひらを返したように擦り寄ってきちゃって、そういうところが恥知らずだって言ってるの。お、わ、か、り？」

空気も読めない愚か者達にも分かるように嘲笑《あざわら》えば、父親はぽかんとした後、怒りで顔を真っ赤にする。

そのまま頭の血管でも切れて気絶すればいいのにとすら思う華に、もう両親への情は欠片《かけら》も残っていない。

「お前は一瀬の人間だろう！　一瀬のために動くのは当たり前のことだ」

「あれぇ、前に葉月を迎えに一度戻った時は、私の居場所はもうないとか言ってなかった？　つまりもう私は一瀬の人間じゃないわ。そもそも朔と結婚したから姓も変わっちゃったしね」

一瀬なんてくそ食らえだ。

このまま没落してなくなってしまっても、華はなんとも思わない。

「一瀬を捨てる気か！」

「どんな言葉がお望み？　その通りだと言ったら納得するの？　だったら何度でも言ってやるわよ。一瀬なんて捨ててやる！」

「こ、この！」

父親は大きく手を振り上げた。

当然その手は華を狙っており、このままでは父親に叩かれてしまうだろう。

それでも華は避《よ》ける素振りはせずに、ただじっと強い眼差《まなざ》しで父親を睨みつけた。

葵と雅が動く。

父親の手が華に届こうとした時、勢いよく部屋の扉が開かれた。

入ってきたのは予想外にもほどがある、兄の柳だった。

「そこまでです。お父さん」

「何度も言いましたが、華は朔様の妻。仕えるべき本家の女主人です。その華を叩《たた》こうとするとは何事ですか」

「ち、違う！　これは……そう、躾《しつけ》だ！　親に逆らう子を躾《しつ》けようとしたまでだ」

「あなた方が華に接触を図ったことを朔様はすでにご存じですよ。これ以上あの方の怒りを買いたくなかったら今すぐおかえりください」

「柳！　お前はいったいどっちの味方なんだ！」

「おかえりください」

有無を言わせぬ力を持った柳の言葉に、父親は気圧《けお》され、母親は心配そうに父親の腕を摑《つか》む。

「あなた。今日はここまでに」

「くそっ！」

父親は最後に華を睨みつけてから苛立たしげに部屋を出ていった。

やっと帰ったと、やれやれという気持ちでため息を吐いた華に柳が近づいてきたので、未《いま》だに姿を消している葵と雅も、華と同じく警戒する。

「悪かった、華。どこもなんともないか？」

「え、う、うん……」

「柳……。お前どうして！」

気遣われたことにひどく動揺する華。

柳からそんな言葉をかけられたのは初めてかもしれない。

本当かと探るようにじっと華を見る柳だが、彼とこんな間近で話すのも目を合わせるのもなんとも珍しい。

少なくとも、華の記憶の中にはなかった。

「まさかあの人達がここまで行動を起こすとは思わなかった。止められずにすまない」

華に対し謝罪する柳の姿に、華は呆気《あっけ》にとられる。

「別に、なんにもなかったし、大丈夫……」

そんなありきたりな言葉しか返せなかった。

「俺は朔様に呼ばれているから、念のため帰りも気をつけるんだ。できれば葉月と一緒に帰ってやってくれ」

「う、うん……」

華の返事を聞くや、きびすを返して部屋から出ていった。

華はしばらく言葉が出てこなかった。

心配して葵と雅が顕現する。

「大丈夫か、主《あるじ》？」

「主様？」

「大丈夫。ちょっとびっくりしただけ」

まさかほとんどしゃべったことのない柳に心配されるとは思わなかったのだ。

あれではまるで、普通の兄妹《きょうだい》のようなやり取りではないか。

兄と認識していても、どこか遠い存在だった柳。

きっと柳も同じように華を他人のように感じていると思っていたのに、先程の柳は心から華を案じているようだった。

葉月のことといい、柳のことといい、今になって知る真実がある。

もしかしたら、自分はいろんなものが見えていなかったのかもしれない。

華はなにが正解でなにが不正解なのか分からなくなってきた。

＊＊＊

柳の指示通り、帰りは葉月と共に帰った。

帰りの車の中で、両親が会いに来たことも葉月に伝える。

葉月はひどく驚く。

「まさか私を連れ戻しに？」

「そうだったら多少は親だと認めてあげてもよかったんだけどねー。実際は葉月のハの字も出て来なかったわ。あいつらが心配するのは一瀬の家のことだけみたい」

「そう……」

葉月は表情を曇らせる。

とっくに両親への情を捨てている華とは違い、まだ一瀬から出て日が経っていない葉月にとっては、両親に抱く感情は真逆なのかもしれない。

「葉月はまだあいつらに期待してるの？」

「………」

否定も肯定もしない。いや、できないのか。

「葉月にも接触を図るかもしれない。でもその時に流されちゃ駄目よ」

これまでずっと両親に従ってきた葉月が、急に強気に対応できるはずがない。

家を出た時は勢いもあったから言いたいことを言えたのだ。

「あいつらは葉月を丸め込もうとしてくるかもしれない。けど、どんなに優しい言葉をかけてきたとしても、あいつらは全然変わってないわ。きっと今後も葉月の気持ちが伝わることはないと思う」

あの二人が優しい言葉など考えつくとは思わないけれど、念のため注意を促す。

「……そうね」

葉月も理解してはいるのだろうが、感情がついてこないのかもしれない。

華のようにまだ両親を捨てきれていない。

まあ、それが普通だろう。

華とて両親への情を捨てるまでには時間がかかった。

すぐにというのは酷なことかもしれない。

「あのクソ親どもめ」

華は小さな小さな声で呟《つぶや》いた。

いつまでも、どこまでもついて回る。血の繋《つな》がりとは時に厄介なものだ。

そのまま何事もなく屋敷に帰ると、十和が出迎えてくれた。

「奥様、葉月様、坊ちゃまがお呼びのようです。お帰りになったら応接間までいらっしゃるようにとご伝言です」

「十和さん、また坊ちゃまなんて言って朔に怒られますよ」

「ほほほほ」

十和は笑うだけで改める様子はない。

きっと朔はいつまでも坊ちゃまなのだろう。そう思うと笑いが込み上げてくる。

普段偉そうにしている分、なおさらだ。

「ぷくく……」

「華、笑ってないで早く行きましょう。ご当主様をお待たせできないわ」

「別にいつまでも待たしてやればいいわよ」

華はこの間からかわれた怒りを地味に引きずっていた。

「そんなわけにはいかないでしょう」

真面目な葉月に引っ張られ応接間に行くと、呼び出した朔だけではなく柳の姿もあり、華と葉月はそろって驚いた。

「えっ、なんで……」

柳が一ノ宮本家に出入りしていることは葉月からも聞いていて知っていたが、同席するとは聞いていない。

「帰ってきたか。座れ」

朔に指示され、困惑顔で二人はそれぞれ座った。

「まずこいつのことは置いとけ。それより華。両親がお前に会いに来たようだが、大丈夫か？」

「あー、それは全然問題なし。むしろ葵と雅が暴走しないか心配だったわ」

いっそ葵達に姿を見せてもらって脅してもよかったなと、今さら思う。

「それならいい。一応聞くが、用件は？」

「一瀬の有利になるように朔に働きかけろって感じね。もちろん断ったけど」

誰があんな家のために働くものか。

ひどい扱いをされながら言う通りになるほど華はお人好《ひとよ》しではない。

一瀬を潰《つぶ》しに動けというなら喜んで協力するのだが。

「だからそれはまあ、いいんだけど、なんでいるわけ？」

誰がなどと言わずとも、柳のことを指しているのは誰もが分かる。

「まさか葉月を連れ戻しに来たの？」

葉月がびくりと反応する。

「もしそうなら、朔が相手でもあらがうわよ」

葉月を一瀬になど戻せるわけがない。

そんなことをしたらあの両親にどんな対応をされるか、分かったものではないのだから。

「安心しろ。そんな話はない」

それを聞いてほっとする華だが、ならば何故柳がここにいるのか分からない。

「俺は前々から思ってたんだ。お前達は言葉が足りなすぎる！　特にお前だ！」

突然怒鳴り始めた朔は、ビシッと人差し指を柳に突きつける。

指をさされた柳は顔色一つ変えない。

「お前達、ちょっと向かい合え」

「は？　朔なんなのよ——」

「いいから、向かい合って座れ」

有無を言わせぬ命令に、華は葉月と目を合わせる。

葉月も戸惑っているのが伝わってくるが、しぶしぶ柳と向かい合うように座り直す。

「で、どうするのよ、朔？」

向かい合ったところでなにが変わるわけでもないのに。

「葉月の件でもそうだったが、そもそも話し合いが足りてないのが問題だ。葉月だって最初から華に打ち明けていたら、お前達はこの年まですれ違わなかったんじゃないのか？　内に溜《た》め込みすぎだ。お前も同じだぞ、華。お前はすぐに諦《あきら》めるのが悪い癖だ」

「そう言われても……。ねえ、葉月？」

「……ええ」

確かに意思の疎通があれば葉月とこじれることはなかった気はするが、あの家庭環境では無理というもの。

「両親が一番の害悪であるのは間違いないが、お前達は自分の中で勝手に答えを出して、それで終わらせるところがあるように俺は思っている」

「うーん……」

否定できないところもあるが、なんだか納得がいかない。

「なにも話さず自分で解決しようとして自滅した葉月も悪いが、無関心な華も悪い！」

「いいや、朔がなにを言いたいのか全然分かんないんだけど」

「いいから最後まで聞け。二人も悪いことは確かだが、それ以上にここまで口を出さなかった柳、お前はもっと悪い！」

柳は静かに目を伏せる。

「お前がもっと気を配っていたら、二人はここまでこじれることはなかったんじゃないのか？　葉月の件ももっと早くに対処できていたんじゃないのか？」

「反論の言葉もありません」

「謝って終わらすな！　お前は双子を大事に思っているはずなのに、こいつらときたら、この屋敷に来てからお前の名前の一文字すら出さないんだぞ。それでいいのか？」

「それでこの子達が幸せなら……」

「だから、勝手に一人で結論を出すなと言ってるだろ！　真実を知る権利は妹であるこいつらにもあるんだぞ。同じ兄妹《きょうだい》なのに、お前一人が背負うのは間違ってる」

朔と柳のやり取りを、華と葉月は戸惑いながら聞いている。

「朔？」

華が呼べば、朔は怒りと呆《あき》れの混じった声で華と葉月に問いかける。

「なあ、お前達はおかしいと思わなかったか？　一瀬にはすでに最年少で瑠璃色《るりいろ》を手にした優秀な柳がいるのに、両親は柳ではなく葉月に執着していた。いくら人型の式神持ちじゃなくとも、これだけ優秀な柳がいる時点で家は安泰だろう？　無理に葉月を追い詰めるように教育する必要はない」

「……それは、確かに」

朔に言われて初めて気づく。

とっくに瑠璃色の術者として働いている柳がいるのだ。優秀な跡取りがいて、一瀬にとってはこれ以上ない幸いだ。

しかし、両親の期待は、柳ではなく葉月に向いていた。

何故なのか。

「分からないなら話し合え。それが俺の言えることだ」

そう言って朔は口を閉じた。

誰も音を発さないしんとした時間が流れる。

話し合えと言われても、なにを話したらいいか華にも葉月にも分からないのだ。

ただただ困惑したようにお互いに視線を合わせ、朔を見てから柳を窺《うかが》う。

すると、柳がおもむろに頭を下げた。

「すまなかった」

びっくりする華と葉月を前に、頭を上げた柳は真剣な眼差《まなざ》しを向ける。

「話をしよう。お前達にも関わる一瀬の話を」

朔はとっととしろとばかりに、ふんと鼻を鳴らす。

華と葉月は困惑顔のまま頷《うなず》いた。

そして柳は話し出す。華も葉月も知らない一瀬の、そして両親の話を。

「まずはまだお前達が生まれる前の話だ。当時はまだ先代……俺達の祖父が生きていた。人としてはまともな人だったが、少々野心的ではあった。祖父は俺が生まれ、早くから術者の才を発揮すると、大層喜んだ。かなり目をかけてくれていたと思う。父はそれが許せなかったんだ」

祖父は華達が物心付く前に亡くなったので、写真でしか知らない。

父親とどんな関係性だったか、もちろん分かるはずがなかった。

「どうして？」

「父は祖父の目から見て凡人以下の評価でしかなく、祖父は父に跡を継がせることを心配していた。だから父を抜かして直接俺に跡を継がせようと考えていたんだ」

「凡人以下って……、あのクソ親父ってそんなに力弱いの？　葉月知ってる？」

「そう言えばお父さんが力を使ってるところ見たことないかも。華は？」

華も同じだったので首を横に振る。

散々、人を落ちこぼれとけなしていたのに、思い返してみると術者として働いている姿は見たことがない。

それは柳も同じだが、柳の場合は瑠璃色の術者という評価がされているので見るまでもないというのがある。

「父の式神がなにか知っているか？」

「そう言えば見たことない」

「私も」

二人の反応を見て、柳は苦い顔で告げる。

「父の式神はトンボ。虫の式神だ」

「……はあ!?」

思わず華が怒りの混じった大きな声をあげるのは当然だった。

あずはという蝶《ちょう》の式神を作ったがために、これまで落ちこぼれと貶《おとし》められてきたのだから。

葉月も声を出さずに驚いている。

「あのクソ親父、自分も虫の式神のくせに私に落ちこぼれだなんだと偉そうなこと言ってたの!?」

「そういうことだ」

「マジか……」

呆れて言葉が出ない。

あれだけ華と葉月を比べ虐げてきたのに、自分も落ちこぼれの一員ではないか。

「普通それなら私に優しくしない？」

同じ虫の式神を持つ者同士。気持ちが分かるだろうに。

「父は虫の式神を持っているが故に劣等感の塊だ。華を見ていると自分の弱さを見せられるようで、受け入れられなかったのだろう」

なんて自分勝手な……。

そのせいで華がどれだけ傷ついてきたと思っているのか。

「そんな父だから、祖父にかわいがられている俺を見て、俺が一瀬の家を乗っ取ろうとしているように感じていたんだろう。だから、俺への当たりは昔から強かった。それこそ華以上に」

「嘘……」

そんな素振りを見たことがなかったので華は驚いた。

だが、言われてみると、父親と柳が楽しげに話している場面は見た記憶がない気がする。

普段から柳は仕事で家にいなかったので、一緒にいるのを見る機会が少なかったという理由もあるかもしれない。

「こんなことは比べるものじゃない。どっちの方がよりかわいそうかなんてな」

「……そうね」

それに関しては華も柳に同意する。

華は柳がどんな扱いをされてきたか知らないのでそもそも比べられない。

「本当なら俺に跡を継がせたかった祖父だが、その前に亡くなってしまった。次は俺に継がせたいという祖父の遺言はあったが、さすがに成人してもいない子供には継がせられず、父が跡を継いだ。だが、それでは父の劣等感は癒《いや》されなかったんだ」

「まだなにかあるの？」

葉月がおそるおそる問いかける。

正直、華はもうお腹いっぱいだったが、気にはなる。

「お前達が作り出した式神だ。自分と同じ虫の式神と、俺ですら手にできなかった人型の式神。それは劣等感の塊だった父を助長させた。虫の式神を作った華に自分の劣等感を刺激される一方で、人型の式神を作った葉月には初めて感じる優越感を抱かされた。俺よりも才能のある葉月を自分の手元に置くことで、俺への牽制《けんせい》としたんだよ」

「はぁ……くだらない」

自分達はそんなことに使われていたのかと、呆れるように華がため息を吐く。

「父が一瀬の家にこだわっているのも、俺より優位な存在だと思いたくてすがっているだけだ。最後まで認められなかった祖父への思いが歪《ゆが》んでしまっている……」

柳は沈んだ表情でいったん言葉を止めた。

嫌な沈黙が流れる中、華の声がぽつりと落ちた。

「……私と葉月はていのいい道具ってことかしら」

華を虐げることで気を晴らし、葉月を優遇することで気分を満たす。

朔はどんな話し合いを求めていたのか分からないが、理解したのは父親はとんだドクズであるということ。

華の知る毒親の中でもトップを争う毒親である。

「それで？　お兄ちゃんは結局なにが言いたいわけ？　こんな話をして私達になにを求めてるの？」

華の真っ直ぐな眼差しが柳を捉《とら》える。

「お前達にとってなにが一番幸せなのか考えてほしい」

「そんなのお兄ちゃんには関係ないんじゃないの？　別に私達がどうなろうと気にしないでしょ？　これまでだって数えるほどしか会話したこともないし、どこで生きてようが死んでようが、どうでもいいと思ってるんじゃないの？」

「……そ、う、だな」

本当のことを言っただけなのに、なにやら柳が落ち込んだように見える。何故そんな顔をするのか理解できないでいると……。

「お前達がどう思ってるか知らないが、柳はかなりお前達のことを気にしていたようだぞ」

それまで黙っていた朔が急に口を挟む。

「え……？」

朔は立ちあがると、柳のスーツの内ポケットを探り出した。

「ちょっ、朔様！」

焦り出す柳が必死に抵抗するも、朔に「椿」と呼ばれてすっと現れた椿が柳を羽交い締めにする。

ぎょっとしている柳を無視して手帳を奪った朔は、手帳をひらひらと見せびらかした。

「お前も往生際が悪いぞ。大事なら大事と口にしなければ伝わらん！　ほら、華」

手帳に挟まれていたなにかを華に渡す。

それは写真だった。それも小さな頃の華と葉月の。そして柳と三人一緒にいる。

「これ……」

「柳が肌身離さずずっと持ち歩いているお前達の写真だ。無関心な奴の写真を懐に大事に持っているはずがないだろう。こいつはこいつなりに、お前達を妹として大事にしている」

にわかには信じがたい。

あの兄が？　と、葉月も窺《うかが》うような眼差《まなざ》しを柳に向けている。

「でも、それならどうして今まで知らん振りしてたの？　私のことも葉月のことも助けてくれなかったじゃない。せめて仲裁してくれれば、葉月だって無理やり結婚に持ち込まれそうになったりしなかったのに」

怒りというより憤りを感じながら華が問う。

自分のことは正直どうでもいい。もう、終わったことだと決着がついているし、朔という助けがあった。

けれど、葉月にはそんな助けなどなかったのだ。

残された一瀬の家で、もしも柳が味方についてくれていたら、葉月も苦しまなかったかもしれないのに。

「そんなことをしたらもっとひどい状況になると思ったんだ……」

静かに、そしてどこか申し訳なさそうに柳は呟《つぶや》く。

「なんでひどくなるのよ？」

「さっきも言ったが、父は劣等感から俺に対し対抗意識を持っている。そんな俺が仲裁に入ってみろ。人の話を聞かないあの人を余計に怒らせる。その矛先はどうなる？

間違いなくお前達に向くだろう。俺が大事にすればするほど、きっと踏みにじろうとするような人だ。だから、俺はできるだけ無関心を装って、お前達に近づかないようにしていた」

肩を落として語る柳は、初めて見る兄の姿だった。

華が葉月に視線を向けると複雑そうな顔をしている。

きっとそれは自分もだろうなと思いながら、どう反応を返していいのか分からなくなった。

それだけ兄という存在は、これまで遠いところにいたのだ。

兄の無関心さにも理由があったと知ったが、葉月の時のようにすんなり受け入れるのが難しい。

迷子のように心もとなさそうな顔をする華の手を、横にいた葉月が握る。

葉月はなにか決意を固めたような強い目をしていた。

「お兄ちゃん、話してくれてありがとう。お兄ちゃんが私や華のことをそんな風に思ってくれているなんて知らなかった。それは素直に嬉《うれ》しい。瑠璃色《るりいろ》の術者であるお兄ちゃんは私の憧《あこが》れでもあったから」

「葉月……」

柳は信じられないような様子で葉月に目を向ける。

「でも、情報量が多すぎて私にも華にも時間が必要だと思うの。だから整理するだけの時間をちょうだい。お願いします」

その姿を見て、やはり双子であっても葉月は自分よりずっとしっかりしていると華は感じた。

自分は混乱するばかりだというのに、葉月はちゃんと答えを持っている。

「ご当主様もそれでいいでしょうか？」

「ああ、やはり華よりしっかりしているな。柳も言いたいことが言えてスッキリしただろう？」

「無理やりでしたけどね」

苦い顔をする柳は再度華達に向き合う。

「今日、あの人達が華に接触したのは葉月も聞いているか？」

「はい」

「あれで諦《あきら》めたとは思えない。それに裏でコソコソと動いているのを耳にしている。念のため気をつけるんだ。できれば一人にならないように」

華は思わず舌打ちした。

「やっぱり雅のピコピコハンマーで一発ぶちかましてもらってた方がよかったわね」

来るなら来たらいい。その時は迷わずぶちかますと、華は心に誓う。

「朔、後始末はよろしく」

「こらこら、なにをする気だ！……だがまあ、あっちから問題を起こしてくれるなら、それはそれでいろいろと好都合ではあるな」

朔がなんとも凶悪な笑みを浮かべたので、華は背筋がぞくりとした。

「柳。奴らがやらかしたら、それを理由に隠居させてお前が一瀬を背負え。そうしたらすべて丸く収まる」

「そう、上手《うま》くいきますか？」

「いくように仕向けるのが楽しいんだろうが」

あまりにもあくどい顔をするので、華は少し両親がかわいそうになってきた。

だがしかし、自業自得である。

＊＊＊

話を終えた華は自室でゴロゴロとしていた。

頭の中を占めるのは、先程の柳の話。

まさか自分が生まれる前に一騒動あったとは思わなかった。

父親が華に辛《つら》く当たっていたのも、父親なりの理由があったと知った。

まあ、知ったからと言って両親への情が今さら芽生えるわけでもない。

むしろ湧いてくるのは父親への怒りだ。

時間が経つほどムカムカとしてきて、この気持ちの持っていきどころに困っている。

「やっぱり一発ぶちかまさないとすっきりしないわね」

けれど、同時にまさかと思う。

「あいつも虫の式神を持っていたなんてなー」

静かな部屋に華の呟きが落ちる。

ならば、きっと父親も華のように落ちこぼれと揶揄《やゆ》されてきたのだろうか？

優秀な息子が生まれてしまい、比べられて辛かったのだろうか？

いろんな疑問が湧いてくる。

「なんだかなぁ……」

理由のはっきりとしない気持ち悪いなにかが、心の中をグルグルとしている。

するとそこへ朔がやって来た。

寝転がっていた華は身を起こす。

「大丈夫か？」

「なにがぁ？」

大丈夫もなにも、華はなにかされたわけではない。

ただ柳の話を聞いただけだ。

思い出すだけでも胸くそが悪くなるような話だったけれど。

「朔は知ってたの？　一瀬の事情とか」

「最近聞いてな。それであまりにも柳が一人で背負《しょ》い込んでいるように感じたから、華達にも話すように場を設けたんだ。余計なお世話だったか？」

「まあ、お節介なのは間違いないけど、聞いておいてよかったかも」

一拍を置いて話し出す華はどこか気落ちしているようにも見える。

「……ずっと分からなかったのよ。あの両親……特に父親がどうしてあんなに私にだけきつく当たるのか。確かに葉月と比べたら落ちこぼれなのは間違いなかったけど、よく考えたら虫の式神を持ってる人は決して少なくないでしょう？」

「そうだな」

式神を初めて作るのは十歳という節目。

しかし、まだ成長途中の年齢で式神を作るので、虫の式神を作り出す者も少なくない。

けれど、そういった者は年を経て力が成長してくると、新たな式神を作るのだ。力に目覚めた華が葵と雅を作ったように。人型は異例中の異例だが、虫の式神を得たからといって、そこで才能がすべて決まるわけではない。

まあ、そうは言っても、やはり術者の中で虫の式神が侮られるのは間違いない事実だ。けれど、最初の式神が蝶《ちょう》だからと言って結論を出すのは早計である。

中には逆に使い勝手がいいという理由で、わざわざ虫の式神を得るために弱い力を込めて作る術者だっているぐらいなのだ。

華の場合は人型の式神を作った葉月がいたため、そして成長が見られなかったために、落ちこぼれだとか出涸《でが》らしだとか言われてしまったが、弱いとされている虫の式神＝無能というわけでは決してない。

しかし、両親はすべて華が悪いと言わんばかりな態度しか取ってこなかった。

「劣等感を抱く気持ちは分からないでもないけど、父親としても一家の長としても失格だと思う」

「そうだな」

同じ虫の式神を持っているなら、華の気持ちをよく分かっていたはずだ。

目を背けるのではなく、寄り添ってくれていたら……。

一瀬の家はもっと過ごしやすいものであったのではないか。

兄妹《きょうだい》の関係もよいものになっていたかもしれない。

そう思わずにはいられなかった。

膝《ひざ》を抱えて座る華は顔を伏せる。

それを見た朔が近づいてきて、華の頭を優しく撫《な》でた。

親にすら撫でられた覚えがないのに、朔は当たり前のようにしてくれる。

「落ち込んでるのか？」

「そんなんじゃないけど、モヤモヤする」

柳に対してもそうだ。

話してくれたらよかった。

華はずっと両親から嫌われている理由が分からず、自分が落ちこぼれのせいだと自らを責めたりもした。

必死になって勉強して、必死になって見てもらおうと努力していた。

まったく無駄な努力だと思いもせず。

やはり朔の言うように華達兄妹は言葉が足りなかったのだ。

「朔のおかげかな……」

やっと一瀬での扱いの理由が知れた。

朔が介入しなければ、きっと柳も内に秘めたままでいた気がする。

朔は撫でていた華の頭を引き寄せる。

朔の胸に頭を寄せる華には、今にも朔の鼓動が聞こえてきそうだ。

普段なら抵抗しているのに、今ばかりはそんな気も起きず、されるがままに朔の胸に寄り添う。

朔の温《ぬく》もりを心地よく感じていると、朔がクスクスと笑った。

「いつもの華らしくないぞ。いつもなら暴れてるだろうに」

「人を乱暴者みたいに言わないでよ」

ムッとする華の様子に、朔はさらに笑う。

「そうやってポンポン言い返す方が華らしい。言いたいことがあるなら言え。こういう時に側にいるのが夫婦というものだ」

朔は引き寄せたままの華の頭を撫でる。その手は優しく華の心を落ち着かせる。

いつの間にこの場所が落ち着けるところとなったのだろう。

気づいた華が一番驚いた。

ふと顔を上げて朔の目を見る。

「……私、朔のこと好きかも」

なんの駆け引きもなく、するりと言葉が出てきた。

言ってから華はドギマギしてしまい、朔から顔を背ける。

しかし、すぐに朔の反応が気になってしまい、ちらっと朔の顔を見ると、からかうでもなく優しく愛《いと》おしげな目で華を見ていた。

「やっと俺の魅力に気づいたか」

こんな時でも傲岸不遜な朔に華は呆《あき》れ、朔の頬をつまむ。

「痛いだろうが」

「朔のその自信過剰さはどこからくるのかしらね」

自分一人だけ動揺していたようでなんだかムカつく。

もっと過剰な反応があると思ったのに、予想外に朔は普通だった。

だが、自分達らしいとも思う。

「生まれながらに持つ才能が非凡なのだからしょうがないだろう」

「自分で言ってて恥ずかしくないの？」

冷たい眼差《まなざ》しを向けるが、朔に効いた様子はない。

どこまでも不遜で偉そうな朔に、モヤモヤとしたものが晴れていく気がした。

「なんか朔と話してるといろいろどうでもよくなってくるわ」

「それはいいことだな。お前が悩んだところで解決するもんじゃない。そういうものは頭のいい俺に任せておけ」

「馬鹿にして！　朔より頭いいわよ」

「全教科赤点がほざくな。俺は荒れていた時でも赤点とは無縁の人生だったぞ」

体を寄せ合いながら喧嘩《けんか》する二人。

いつもの調子が戻ってきたようだ。

ぎゃあぎゃあと騒ぎながらも、華も朔も柔らかな表情だった。

＊＊＊

その頃、一瀬の家には客人があった。

これまで接点すらなかったその人は、三光楼雪笹である。

彼から訪問の伺いがあった時には、華の父親は大層驚いた。

しかし、次期当主と予定されている彼の訪問を、一ノ宮のしがない末端の分家が拒否できるはずもなく。

それでなくとも野心のある父親にとって、なにかの転機になるのではないかと、大喜びで迎え入れた。

「よ、ようこそおいでくださいました！」

顔に隠せないほどの興奮を乗せて、雪笹を迎え入れる父親と母親。

使用人達も緊張を隠せない。

なにせ相手はただの三光楼の人間ではない。

次の当主に指名された、特別な人間なのだ。

そんな立場の人間が家にやって来るなどそうそうあることではないし、これほど名誉なことはない。

　華に見せていた尊大な態度はどこへやら、平身低頭で雪笹を迎え入れる。

　雪笹は案内される間、ずっと笑みをたたえていたが、それは見る者が見れば冷え冷えとしたものだった。

　雪笹が応接室に案内されると、父親は人払いをする。

　決して話を聞かれたくないとの雪笹の命令だからだ。

　一ノ宮の分家であることを忘れるほど従順に動く父親。

　そんな両親が雪笹の向かいに座ったところで、父親は窺《うかが》うように問いかける。

「人払いはいたしました。……それで、どのようなご用件があり、我が家へ？」

「回りくどいのは嫌いなのでな、本題に入らせてもらう。お前達は娘を取り戻したくないか？　そして、復讐《ふくしゅう》したくはないか？」

「む、娘ですか？」

　父親にとってその提案は意外そのもので、すぐに理解できないでいる。

「そうだ。双子の優秀な姉の方のことだ。葉月と言ったか？」

「はい。確かに姉は葉月と申しますが、なにゆえ三光楼様が我が娘のことをお知りに？　それに復讐とはどういう意味ですか？」

「姉の方はもともと一ノ宮当主の嫁の最有力候補だったことは知っているな？」

「えっ？」

両親はひどく驚く。

「なんだ、知らないのか？　姉の方は一ノ宮当主の母君、美桜様から朔の嫁にと推薦されていたんだ」

「そんな……」

「そのままなら姉が一ノ宮当主の嫁となっていただろう。そうすればこの一瀬の家も多大な恩恵を得られていただろうに惜しいことをしたな。邪魔な妹がその地位を奪い去らなければよかったのに」

雪笹はニィと口角を上げる。

その暗く、黒い笑みに気づかない父親は、怒りで体を震わせる。

「華めっ！」

「そう、その華だ。そいつがいなければなぁ」

「そうだ。あいつがすべてを台なしにしたんだ。あの落ちこぼれさえいなければっ。あんな疫病神、とっとと養子に出しておくべきだったんだ！」

ダンッと卓を殴りつける。

「そんな華は今頃一ノ宮の屋敷で幸せに暮らしているだろうな。お前達親の苦労も知らずに」

「くっ……」

雪笹の言葉に、華の今を想像して父親は悔しげに手を握りしめる。

あまりに強く握りすぎて血が噴き出しそうなほどだ。

彼の中の怒りがどれほどか窺い知れる。

「今からでも遅くないんじゃないか？」

甘い蜜《みつ》を流すように囁《ささや》かれた言葉に、両親は雪笹を見る。

「姉の葉月がこの家に戻ってくればすべて丸く収まる。違うか？」

そう、葉月さえいれば……。

「あなた、三光楼様のおっしゃる通りよ。朔様だってあんな落ちこぼれより葉月の方がいいに決まっているわ」

母親は期待に満ちた眼差しで父親にすがりつく。

「しかし、そんなことをしたら朔様の逆鱗《げきりん》に触れないか？」

ここに来て躊躇《ためら》いを見せる父親に最後の一押しがされる。

「一瀬のためにお前にはなにができる？　この家の長にふさわしいのは誰だ？　そんなこと明白だろう？」

「そ、そうだ。その通り。この家の家長は私だ。誰にも渡さんぞ」

「そうよ、あなた！」

「よし、葉月を取り戻そう。しかし、きっと華の奴が邪魔をするはずだ。いったいどうしたら……」

「安心しろ。俺が協力してやる」

雪笹の言葉に光明を見いだす。

「ありがとうございます！　三光楼様！」

「このご恩は一生忘れません！」

雪笹に対して這《は》いつくばるようにして頭を下げる二人。

雪笹はくくっと愉悦するように笑った。

両親は何故雪笹が協力してくれるのかも考えず、目の前にぶら下げられたチャンスに飛び込むのだった。

それが悪魔との契約だとも知らずに。

四章

また両親が接触してこないとも限らないので、学校の行き帰りは葉月と一緒に行動するようになった。

華なら問答無用で撃退するのだが、葉月に力業は使いにくいだろう。

なので、一緒にいるのが華としても一番安全なのだ。

そうすると必ずついてくるのが望である。

大好きな兄からも葉月が両親のことで困っていると聞き、やる気をみなぎらせている。

戦力としては華の方が上なのであまり期待していないが、望はなんといっても本家の血筋。

あの権力に弱い両親に対して強力な盾となってくれるだろう。

「ついでにお前も守ってやる。兄貴の嫁だからな」

なんてことを恥ずかしそうに告げる望はやはりツンデレだ。

たまに華にもデレるのがまた面白いが、今回ばかりは助かるのでからかうのはやめておいた。

無駄に警戒する望のおかげか分からないが、今のところなんら問題なく生活できている。

両親がコソコソしているなどと柳が脅すものだから、華も必要以上に警戒したのに、無意味だったかもしれない。

それでも、本当に諦《あきら》めたと確信できるまでは気が抜けなかった。

学校内は大丈夫だとは思うが、それとなく桔梗と桐矢に協力を願った。

「――ってわけでね、うちのクズ両親が葉月になにか仕掛けてくるかもしれないのよ。私はCクラスで側にはいてあげられないし、望もずっと葉月のことだけを構っていられないでしょう？　だから、二人も手が空いてる時は葉月のことを気にしてあげてほしいの。頼める？」

両親が毒親であることと、ある程度の事情を説明すると、桔梗がやけに張りきりだした。

「了解しました。親友の姉なら私の身内も同然ですよね！　ピンチには駆けつけるのが親友の役目！」

「さすがにそれは言いすぎ……」

一そんな害悪がやって来たとしても私が成敗してみせます！　だから大船に乗ったつもりで親友の私にすべて任せてください」

人の話を聞かない上に、『親友』を強調する桔梗。

任せていいのか不安になってきた。

大船が泥船に思えるのは気のせいではない。

「桐矢、お願い。桔梗の暴走を止めつつ葉月のこと頼んだわよ」

「うん。桔梗はいつものことだからなんとかする。大丈夫。安心して」

変わらぬ無表情でぐっと親指を立てた。

同じ双子なのに桔梗に比べずいぶん信頼できる言葉だ。

そうして学校にいる間は望と桔梗、桐矢の双子に任せ、華はCクラスで安心して過ごせている。

時折双子から定期報告がスマホに送られてくるのでなおさら安心だ。

ちなみに感情的な桔梗の報告と違い、桐矢の報告は実に理性的で読みやすく状況が分かりやすいので非常に助かっている。

桔梗ときたら、『葉月さんに近づいた取り巻きが華さんの悪口言ってましたよ！　私の親友にひどいです』とか、『葉月さんと話している望さんがデレデレしてて気色悪いです』という感じのものしか送ってこないのだ。

余計な情報が多すぎる。欲しいのは葉月の情報なのだ。

桔梗には適当に返して、桐矢の報告をきちんと見るようにした。

優等生を演じてきた葉月は最近すっかり肩の力が抜け、取り巻きから距離を置くようになってきたようだ。

その代わりしっかりと話せる友人を作りつつあるとのこと。

葉月を持ちあげることしかしない取り巻きには、華も思うところがあったので、葉月が自ら距離をとってくれるようになったのは幸いだった。

そして、望がしきりに葉月を気にかけ優しく接するので、二人の間にはなにかあるのかと邪推する声も少なくないという。

まあ、前から仲がよかったらしい二人には、付き合っているなんて噂もちらほらあり、その声が大きくなってきたらしい。

望にしたら大チャンスなのかもしれないが、葉月はミジンコ一匹分も望の気持ちには気づいていないようで、少々不憫《ふびん》である。

桐矢にすら憐《あわ》れまれているとは知らず、毎日葉月を守っているようだ。

その健気《けなげ》さに涙が出そうである。

しかし、協力してやろうとはまったく思っていない華だった。

そんな報告を目にしながら、華は華で苦労していた。

学校襲撃により授業内容が変わり、その影響を一番に受けているのが華のいるCクラスなのだ。

寝ている暇もないくらい、座学が減り、実技の授業が増えた。

実技の授業とは、術者としての授業だ。

学校襲撃で一番肝を冷やしたのは、誰あろう生徒を預かっている教師達。

自分の身を守れる術を身につけてもらおうと教師達も必死だった。

その必死さが授業に反映されて熱血指導が続いている。

華はもうお腹いっぱいなのに、教師ときたら華の力を知ったことで華をなにかと使おうとするから困ったものだ。

ある時には華に結界を張らせ、それをCクラスの生徒全員で攻撃させたり。

ある時には葵対Cクラスの式神達という対決をさせたりと、なにかと華を参加させる。

いいように使われている気がしないでもないが、張りきっているCクラスの面々を見ると、嫌とは言いづらかった。

当初こそ、力の強さが周知され、人型の式神を持つ華が何故Cクラスにいるのかと反感を買っていたのだが、全教科赤点という不名誉を叩《たた》き出したことが知れ渡ると、そんなに成績悪いなら仕方ないよねーっという雰囲気ができあがってしまった。

力は強いが頭は弱いというもっとも避けたかった事態である。

優しい嵐からの憐憫《れんびん》を含んだ眼差《まなざ》しが痛かった。いっそ笑い飛ばしてくれた方がい。

Cクラスに受け入れられて嬉《うれ》しいはずなのに、『どんまい』なんて温かい言葉をかけられた日には、目から汗が流れそうだった。

そんな忙しい日々を過ごしていたある日、学校に臨時講師がやって来ると噂が立った。

「聞いた、華ちゃん？　臨時講師の話」

鈴が興味津々に話しかけてくる。

「らしいわね」

「なんかCクラスのために呼んだらしいよ」

「Cクラスの弱さが先生達の予想以上だったんでしょうよ」

これまでなんとなくは分かっていても、実技が少なかったために目を背けていた実態が表に出てしまった。

あまりのCクラスのできの悪さに、教師達もお手上げになったのだろう。

そこで呼ばれた臨時講師だ。

「なんでも、現役の術者が来るんだって。それもかなり高位の術者らしいよ～。もしかして五色の漆黒の人が来たりしないかなぁ」

「それはないでしょう。漆黒なんて天然記念物並に珍しいし、その分忙しいもの。落ちこぼれのCクラスのためになんか来てくれないわよ」

漆黒を持つ朔の忙しさを知っているからこその言葉だ。

まあ、朔の場合は当主の仕事も合わせてこなしているせいもあるが。

「やっぱりそうかなぁ。期待したのに、残念」

「現役って言っても三色ぐらいの引退間近の人が来るんじゃないの？」

「それでもすごいけどねー」

教師も協会に属する術者ではあるが、一色か二色の術者ばかりだ。

一色、二色となると、前線に出ることはあまりない。

なので、三色ぐらいとはいうが、それでも前線で戦った経験のある術者の教えを受けられるというのは、生徒の成長に大きな影響を及ぼすだろう。

そんな話をしていたら、やって来たのは五色、漆黒を最近手に入れたばかりの三光楼雪笹だった。

「はじめまして。臨時講師としてやって来た、三光楼雪笹だ。この間昇級してなったばかりだが、術者のランクは五色の漆黒。その俺が優しくしごいてやるから覚悟しておけ」

朔のように自信に満ち溢《あふ》れた雰囲気でそう生徒達に挨拶《あいさつ》をする。

これには華も驚いた。

それは漆黒の術者が講師としてやって来たという意味だけでなく、見知った人物だったからでもある。

声もなく華が驚いている周囲では、黄色い悲鳴が起きていた。

漆黒が来たことと、その漆黒に授業してもらえること。

そしてその人が三光楼の次期当主だということ。

それらすべてに生徒達は悲鳴と歓声をあげた。

「まじかよ、やったー！」

「漆黒の術者に教えてもらえるなんて贅沢《ぜいたく》すぎるじゃん」

「それに、めちゃくちゃかっこいい！」

「彼女いるのかなぁ？」

などと騒いでいる彼らのようには喜べず、華は複雑な顔をしていた。

『あるじ様。大丈夫？』

「うん、平気」

あずはの声は騒がしい教室内では華にしか聞こえていない。

雪笹につけられたアザはとっくに消えている。

それでも当時の怒りがなくなったわけではなく、華は睨《にら》むように雪笹を見つめていた。

休み時間になると、桔梗がCクラスに駆け込んできた。

「華さん、大丈夫ですかー！」

かなり慌てている様子。桐矢は相変わらずマイペースに後からやって来る。

「雪笹さんがCクラスの特別講師になったって聞いて急いでやって来ました！　なにもされていませんか!?」

「平気平気。なんにもされてないわよ」

慌てふためく桔梗を落ち着かせるように冷静に返す。

雪笹に怪我をさせられたのを知っている桔梗は、急いで来てくれたようだ。

ようやくほっとして興奮が冷めた桔梗の隣に、追いついた桐矢が立った。

「桔梗と桐矢はなんにも知らなかったの？」

「知りませんよ。そもそも協会を通して依頼されたのでしょうから、まだ学生で協会に属していない私達に情報は入りません。同じ家の出でもありませんし」

「それもそっか」

「それにしても、昇格したばかりとはいえ、漆黒の術者が講師として来るなんて前代未聞ですよ。よく協会が承諾しましたよね。それは了承した雪笹さんにも言えますけど」

「……なにか理由があって来た、とか？」

そう邪推してしまうのは、出会い方が最悪だったから仕方ない。

華の思い過ごしならいいが、なにかあるなら理由が気になる。

『あるじ様、あずはが調べてくる？』

ヒラヒラと目の前を飛ぶあずはに視線を向ける。

あずはに探ってこさせるという選択肢もあるが、雪笹にはあずはを手荒に扱われた記憶が鮮明に残っている。

あまりあずはを近づけたくなかった。

「ううん。向こうの出方を見てみる。ありがとね」

『はーい』

あずはは再び華の髪に戻った。

初対面でのやり取りから、雪笹に警戒している華は、それからできるだけ雪笹と接触しないように気をつけた。

一見するとチャラそうな雪笹は、女子からの黄色い悲鳴を受けて上機嫌のように見える。

男子からも漆黒ということで尊敬の眼差しを向けられていた。

始終笑顔の雪笹だが、華はなんとなく胡散臭《うさんくさ》さを感じていた。

出会った時の氷のような眼差しを見ているせいだろう。華の知る雪笹という男とは別人のようだ。

朔が荒れていた頃の友人ということだが、今の彼からは荒れていた過去の名残りは見受けられない。

今のところ、生徒にも親切で、丁寧に接していた。

それでも嫌な記憶があるために徹底的に接触しないように気をつけていたが、ずっと逃げ続けられるはずもなく。

「一瀬華」

ある日、ついに後ろからかけられた声に、思わず嫌そうに顔を歪《ゆが》めた華は、表情を取り繕いながら振り返った。

胡散臭さいっぱいの笑顔で華を呼び止めた雪笹。

華は顔が引きつらないようにするので必死だ。

「なにか用ですか？」

「ずいぶん声に棘《とげ》があるように思うのは俺の気のせいか？」

「さあ、どうでしょう？」

棘が出ないはずがないと、雪笹本人がよく分かっているだろうに。

華は警戒心いっぱいの目で雪笹を睨む。

「そう警戒するなよ。もうなにもしないさ」

「それを信じろと？　初対面であんなことして謝罪一つしない奴の？」

根に持っている華の嫌みが炸裂《さくれつ》すると、雪笹はやれやれというように肩をすくめ、突然華に向かって頭を下げた。

ぎょっとする華に雪笹は謝る。

「俺が悪かった。すみませんでした」

周りに生徒も歩いている廊下のど真ん中で、そんなことをするので、生徒の視線を集めている。

慌てたのは謝罪をと言い出した華の方だ。

「ちょ、ちょっと！」

「もうあんなことはしません。許してください」

頭を下げたまま許しを請う雪笹に、華は激しく動じる。

「やめてよ！」

「お前が許してくれるなら」

「許す。許すから！」

周囲からの冷たい視線に耐えられず、そう叫ぶと、雪笹はニヤリとした顔で頭を上げた。

それはどこか華をからかう時の朔を彷彿《ほうふつ》とさせ、華は半眼で睨む。

「朔が昔、あなたと仲よかった理由が分かった気がするわ」

「おいおい。昔じゃなくて、今も仲がいいつもりなんだけどな」

「ふーん。片思いじゃないといいわね」

素っ気なく返し、華が早々に立ち去ろうとすると、雪笹が華の腕を摑《つか》む。

雪笹に手荒に扱われた記憶も新しい華は、勢いよくその手を振り払った。

今回はすぐに放されたが、あまり気分のいいものではない。

「気安く私の腕を摑むのやめてくれる？　そうでなくともあなたは前科持ちなんだから」

「それは悪かった」

降参するように両手を挙げる雪笹は、苦い顔をして謝る。

そんな素直な雪笹に、華はまだ疑いの眼差《まなざ》しを向ける。

じとーっと向けられる視線に、雪笹は居心地が悪そうだ。

「ずいぶん最初と態度が違うじゃないのよ。なんか変なものでも食べたの？」

「あの後、朔が来て怒られたんだよ。二度とお前に手を出すなって」

「へえ、それは帰ったら朔を褒めないといけないわね」

「いやいや、めっちゃ怖かったんだぞ。まだ殴られた腹が痛いんだ」

そう言ってお腹をさする雪笹。

どうやらみぞおち辺りを朔に殴られたらしい。

「自業自得ね」

華は嘲笑《あざわら》うようにして鼻で笑った。

「お前性格悪いぞ」

「安心して。初対面で女の子に怪我をさせるあなたよりはマシだから。その痛むお腹にパンチ入れられないだけありがたく思いなさい」

さっさとこの場を去ろうとするのに、雪笹が正面に立ちふさがる。

さすがに何度も行く手を遮られてイラッとした華は、雪笹を苛立《いらだ》たしげに見上げる。

「なに？　まだなんか用？」

「俺ちゃんと謝っただろう？　そのことを朔に伝えておいてくれ」

華の呆《あき》れ果てた眼差しが、雪笹に突き刺さる。

「私に悪いと思って謝ってきたと思ったら、朔が怖かったわけね。情けないったら」

「お前、朔がキレるとめっちゃ怖いんだぞ」

「朔が怖い？」

はて？　と華は首をかしげる。

これまで朔を怖いなどと感じたことのない華には理解不能な言葉だった。

「朔がキレたのを見たことないのか？」

「キレるとはちょっと違うけど、怒ったりは普通にするわよ。朔ってば表情豊かだから喜怒哀楽がはっきりしてるし」

「はあ⁉」

突然大きな声をあげた雪笹はひどく驚いた顔をしている。

「なに？」

「あいつが表情豊か？　喜怒哀楽がはっきりしてる？　マジで言ってんのか？　あんな鉄仮面そうそういないだろ」

「あなたこそなに言ってんのよ。朔が鉄仮面？　無縁の言葉でしょうに。誰と勘違いしてるのよ」

「お前……」

雪笹は急に言葉を止め、まじまじと華を見つめた。

「なによ」

そんなに穴が開きそうなほど見られたら、華も居心地が悪い。

「あー、うん。そうか、分かった、分かった」

雪笹はなにか一人で納得したように頷《うなず》くと、華の頭をわしゃわしゃと撫《な》でた。

「ちょっと！」

乱れた髪を直しながら雪笹に文句を言うと、雪笹の真剣な眼差しと目が合う。

「お前がどう出るか楽しみになってきた」

ぞくりとするほど冷淡な笑み。その急な表情の変化に、華はドキリとした。

「どういう意味？」

「いずれ分かるさ」

華に背を向けた雪笹は、「俺が謝ったこと、朔にちゃんと伝えとけよ」と言い、去っていった。

残された華は雪笹の背を見送りながら、そんな悪い人ではなかったのかなと思い直す。

最初の出会いが悪かったために、少し警戒しすぎたかもしれない。

本人も反省したようだし、今後はわざと逃げる必要はないだろうと判断した。

この後にまさか裏切られることになるとは思いもせず。

＊＊＊

放課後、生徒のいなくなった教室で、鈴が居残りをさせられていた。

その向かいに立つのは、少し前まで、華と気さくに話していた雪笹。

「あの……意味が分かりません。どうしてですか？」

鈴はひどく困惑した様子で問う。

「理由を知る必要はない」

冷たく鋭い雪笹の眼差しに鈴は怯《ひる》む。

「お前は俺の言う通り、親友である一瀬華を学校の北にある廃工場に連れてくればいい」

「どうして華ちゃんをそんなところに呼ぶ必要があるんですか？　しかもあの廃工場は協会から立ち入りを禁止されている場所じゃあ……」

不安そうに問い返す鈴だったが、突然ガシャン！　と大きな音を立てて椅子と机が蹴《け》り飛ばされた。

その大きな音に鈴は体をびくつかせる。

怯《おび》える鈴の目に、雪笹の笑みが映った。

「お前に許された答えは、はいかイエスだ」

怒鳴るでもない、叫ぶでもない、静かな声で威圧する雪笹の声は空恐ろしさを感じさせる。

今にも泣き出しそうな鈴は、震える手を握りしめた。

「い、嫌です……」

鈴は裏返りそうな声を必死で発した。

しかし、雪笹の「ああ⁉」というドスのきいた声にかき消される。

「悪いな、聞こえなかった。もう一度言ってくれるか？」

この距離だ。

他に音があるわけでもなく、聞こえていないはずがないのに問い返す。

雪笹の脅しに唇を嚙《か》む鈴は、意を決したように先程より大きな声で返答する。

「嫌です！ そんな危ない場所に華ちゃんを連れてはいけません」

鈴は言い切った。

雪笹の反応が怖く、俯《うつむ》いていた顔を上げると、氷のように静かな雪笹の顔が思ったよりも近くにあり、鈴はひゅっと息をのんだ。

「なあ、お前何様のつもりだ？」

「あ……あの……」

「お前は三光楼の分家の出身だろ。本家の次期当主である俺のお願いが聞けないのか？ 俺に逆らうって？」

ガタガタと体を震わせる鈴。

「無理です……。華ちゃんをどうするのか分からないのに、危険な目に遭わせるわけにはいきません……」

一本家への忠誠心より友人を取るってのか？　それはまたずいぶんと度胸があることだな」

「し、失礼します！」

ここにいてはいけない。

身の危険を感じた鈴は急いで教室から出た。

走って走って走って、ようやく学校の敷地から逃げるようにして出てきた鈴は、後ろを振り返り雪笹がいないことを確認してほっと息を吐く。

その時。

「君が三井鈴さんかな？」

びくりとしながら声の方へ振り向いた先には、中年の男女二人がいた。

見知らぬ二人をいぶかしげに見る。

「あなた達は？」

「ああ、そんなに警戒しないでくれ。私達は華と葉月の親だよ」

「えっ、華ちゃんと葉月ちゃんの⁉　はじめまして！」

鈴は驚きと共に慌てて頭を下げて挨拶《あいさつ》をする。

「いやいや、そんなにかしこまらないでくれ。うちの娘達と仲よくしてくれているそうだね、話は聞いているよ。かわいらしいお嬢さんじゃないか」

「えへへ。やだなぁ。華ちゃんたらどんな話したんだろ」

はにかむ鈴は、華と両親が不仲であることを知らない。

華もあえて教える必要はないと思っていたからだ。なので、鈴は普通に娘と仲のよい親であると認識して接する。

「実は折り入って君にお願いがあるんだよ」

「なんですか？　私にできることならなんでも言ってください」

大好きな親友の親の頼みというなら聞かぬわけにはいかないと、笑顔を向ける。

だが、その笑顔はすぐに戸惑いへと変わることになる。

「葉月に連絡して、近くの廃工場に来るよう頼んでくれないかい」

「えっ、廃工場、ですか……？」

廃工場と言われすぐに雪笹の顔が浮かんだ鈴から笑顔が消え、困惑した表情になる。

「そうだ。今すぐに、頼めるかね？」

「すみません。その……葉月ちゃんの連絡先は知らないので」

本当は知っていたが、何故か言ってはいけない気がした。

鈴が断った瞬間、チッと舌打ちが聞こえて驚いて父親を見ると、先程までの人のよさそうな微笑みはどこへやら、苛立《いらだ》たしさを感じる歪《ゆが》んだ顔で鈴を睨《にら》んでいた。

「じゃあ、連絡先を教えるから、連絡してくれないか？」

「え……えっと……」

連絡先を知っているなら何故自分で連絡しないのかという疑問が湧く。

両親なのに……。

あまり関わるべきではないと危機感を抱いた鈴は、ゆっくりと後ずさる。

「すみません。私、今は急いでるので、ここで失礼します」

帰ってから華に連絡しようと思いながら後ろを向いた瞬間、鈴の口が布で塞《ふさ》がれた。

息を吸い込むと瞬く間に頭がくらりとし、ゆっくりと鈴の体から力が抜け倒れ込んだ。

「あなた急いで」

「言われなくても分かっている！」

意識を失った鈴を父親が抱きあげ車に乗せると、二人も車に乗り込み去っていった。

あっという間の出来事をやや離れた場所から見ていた雪笹は、鈴が落としていったスマホを拾う。

「……まったく、素直に協力してりゃあ、手荒なまねはしなかったのに」

雪笹がパチンと指を鳴らすと、鈴も気がついていなかった目隠しの結界が解かれる。

鈴のスマホを操作すると、そこには最近連絡先を交換したばかりの葉月の名前があった。

その名前を発見して、雪笹はニタリと笑う。
＊＊＊

夜、廃工場にやって来たのは葉月だった。

葉月は不安そうに、そして怯えるように廃工場に立てられた立ち入り禁止の看板を見つめる。

ロープで簡単に区切られた敷地内に、葉月は意を決したように足を踏み入れた。

廃工場の扉は錆《さ》びて開きづらくなっており、葉月は全身を使って扉に体重をかけた。

ギギギと錆びついた音を鳴らしながら動く扉を開き、様子を窺《うかが》いながら中へと入る。

建物はずいぶん前から廃工場となっているはずなのに、明かりがついていた。

裸の電球が辺りを照らしている。

葉月はもう一度スマホを確認した。

葉月に送られてきた鈴からのメッセージには、工場の場所が添付されていた。

それと共に、『助けたかったら一人で来い』という文字が並んでいる。

鈴がなにかに巻き込まれたのは明白で、葉月は心配そうに辺りを見渡すが、鈴の姿は見当たらない。

さらに奥へと探しに行こうとしたその時、奥から人の足音がしてきて、葉月は警戒する。

暗がりから出てきたのは、一瀬の両親と雪笹だった。

大きく目を見開いて葉月はじりじりと後ずさりする。

そんな葉月の姿を見て喜色を浮かべるのは、両親だ。

「葉月、待っていたぞ」

「会えて嬉《うれ》しいわ、葉月」

「………り……」

葉月は小さな声でなにかを呟《つぶや》きながら、両親ではなく雪笹を見た。

警戒し、さらに彼らとの距離を空けようとする葉月を、両親は不思議そうに見る。

「どうしたんだ、葉月。こっちへ来なさい」

「そうよ。お母さん達に会えなくて寂しかったでしょう。でも大丈夫よ。お母さん達はちゃんと分かってるわ。家を出ていくなんて、あなたがそんな親不孝なことを考える子じゃないって」

「華にそそのかされたんだろう？　まったく、あの落ちこぼれは葉月に悪い影響しか与えない。本当に無能で役に立たないゴミだ！　本当なら本家の当主の妻の座はお前のものだったのに横取りするなんて、どうしてそんな卑しい子に育ったんだか分からないな」

次第に愚痴になっていく言葉を止める者はいない。

「だが、もう大丈夫だ」

晴れやかな顔で父親は微笑む。

「間違った道をあるべき正しい道に戻せばいい。あんな落ちこぼれは追い落として、お前が当主の妻になるんだ。そうすれば一瀬の家は分家のトップに立てる。そのために三光楼様が手を貸してくださったんだ」

葉月はギロリと雪笹を睨んだ。

そんな視線はものともせず、雪笹は不気味に顔に笑みを貼りつけている。

「さあ、帰るぞ」

父親が葉月に近づき、葉月の腕を摑《つか》んだ。その瞬間……。

「っ、誰が帰るか！　このクソボケのうたりん親父が！」

と、葉月ではあり得ない汚い言葉を吐きながら、父親の腹部にひざ蹴《げ》りを入れた。

「うぐぁ！」

父親は呻《うめ》き声をあげて尻餅《しりもち》をつく。

「は、葉月……？」

父親は蹴られたお腹の痛みより、葉月が自分を蹴ったことの方がショックなようで、呆然と葉月を見あげる。

「葉月！　お父さんになんてことをするの⁉」

母親が父親に駆け寄り葉月を責め立てる。

しかし、そんな母親の叱責《しっせき》など取るに足らないように、葉月はふんっと鼻を鳴らした。

そして、ヒラヒラとどこからともなく虹色《にじいろ》に光る蝶《ちょう》が現れると、葉月の頭に止まる。

その瞬間、葉月の姿が揺らめき、一瞬で華へと変わったのだ。

華は軽蔑《けいべつ》の眼差《まなざ》しで両親を見下ろしている。

「葉月じゃなくて残念ね」

「なっ！」

驚く父親と、驚きすぎて声も出せないのか口をパクパクと開閉させる母親。

「貴様、何故いる⁉　葉月は？　葉月はどこだ！」

父親は辺りをきょろきょろと見回すが、華以外の人物の気配はない。

「最初っから葉月なんていないわよ。いるのはあずはの幻惑で葉月に見せかけてた私だけよ、この愚か者め」

両親は微塵《みじん》も気づかずに騙《だま》されていた。

本当なら大きな声で盛大に嘲笑《あざわら》ってやりたいところだが……。

華はちらりと雪笹を見た。

まったく驚いていないところを見ると、どうやら雪笹には最初から葉月が本物ではないことに気づかれていたようだ。

もともと漆黒を持つ術者である雪笹を騙せるとは思っていないので、そこは問題ない。

まあ、この場にいるという時点で問題大ありなのは間違いないのだが。

雪笹までもがいるとは華も思っていなかったのでかなり驚いている。

「葉月はどうしたんだ⁉」

「葉月は一ノ宮の屋敷で留守番よ。突然鈴のスマホから葉月に来た不穏なメッセージを真に受けて、葉月が一人でここに来ようとしてたんだけど、それに気づいた葉月の式神が私に相談してきて事態が明るみに出たっていうわけ。怪しいメッセージを送ってきた怪しい奴がいるかもしれない場所に、葉月を一人で行かせるわけがないでしょうが」

葉月の式神である柊にはグッジョブと親指を立てて褒め称《たた》えた。

同じく親指を立てて返した柊は、何故話してしまったのかと葉月から叱られていたが、葉月を危険な目に遭わせたくないのは柊も華も同じ気持ちである。

葉月は逆に華が叱っておいた。

お菓子をあげると言われても今時の子供はついていかないというのに、なにを素直に相手の言う通り従おうとしているのか。

あんな怪しさ満載のメッセージなど捨て置くのが当然の選択だが、鈴のスマホを使っているというのが引っかかった。

電話にはもちろん鈴が出ることはなく、本当に鈴が巻き込まれているのなら放置してはおけない。

すぐさま朔に助けを求めようとしたのに、何故かいくらかけても電源が入っていないようで繋《つな》がらなかった。

しかたなく廃工場に様子を見に行くことにしたが、ここで問題となったのが葉月である。

自分のところにメッセージが来たのだから自分が行くと言って聞かなかったのだ。

しかし、相手は葉月を来させようとしているのだから、葉月を行かせるのは危険である。

そこで、今にも飛び出していこうとする葉月を結界に閉じ込めてから、華はあずはの幻惑を使って葉月になりすましてやって来た、というのがこれまでの経緯だ。

事前に気がついたからよかったものの、葉月一人で来させていたら危なかった。

まさかなとは思っていたが、本当に両親が待ちかまえているなんて。

柊には帰ったら再度お礼を言っておくべきだろう。

葉月の暴走を止めた功労者だ。

それと同時に葉月には危機感を持てと改めて叱らねばならない。

よくもまあ、あんなに危なっかしい純粋な人間が騙されずに今まで生きてきたものである。

性格がねじ曲がった華とは大違いだ。

華ならまず疑ってかかるというのに。

そうしたら案の定である。

「あなた達はまだ葉月を利用しようとしてるわけ？」

鋭く睨《にら》む先にいる両親は、勢いを取り戻したように威勢よく騒ぐ。

「何故お前が来たんだ！　お前は呼んでいない！」

「葉月を連れてらっしゃい！」

「はい分かりましたって、連れてくるわけないでしょうが。馬鹿なの？　ああ、馬鹿なんだ。じゃなきゃ一ノ宮当主の後見を得てる葉月を誘拐しようなんて思わないわよね」

小馬鹿にしたように鼻で笑ってやれば、面白いほど顔を赤くして怒り出す。

「どこまで私達の邪魔をすれば気がすむんだ、この落ちこぼれがっ！　誰のおかげでここまで育ったと思っている！」

「少なくともあなた達のおかげじゃないわ」

華を育てたのは紗江であり、一瀬にいた善良な使用人達だ。

彼女達がいなければ、華は劣等感に苛《さいな》まれながら、うじうじと生きていただろう。

今の葉月との関係も修復されることなく、破綻《はたん》したまま消え去っていたはずだ。

けれど、そもそもの原因はすべてこの両親である。

「二度と葉月に関わらないって約束するなら引いてあげるけど？」

「ふざけるな。私達は親だぞ！」

素直に引くとはミジンコ一匹分も思っていないので、想定内の返答だが、やはり直接対面するとイライラが募って仕方ない。

「主様《あるじ》、やっちゃいますか？」

ゴーサインが出たらいつでもいけるように、姿を消している雅がピコピコハンマーを素振りしているのが分かり、思わずニヤついてしまった。

だが、雅達の存在に気がつかない父親は、馬鹿にされたと感じたのだろう。

まあ、実際馬鹿にしているのだから間違ってはいない。

「なにを薄気味悪く笑っている！　早く葉月を呼び出せ！　そしてお前は早く妻の座を葉月に譲り渡すんだ。そうすればすべてが丸く収まる。当主の妻の座などお前には分不相応だと分からないのかっ！」

唾《つば》をまき散らしながら叫ぶ父親は、そんなことが可能だと本気で思っているのだろうか。

だとしたら、病院を勧める。

「残念だけど、朔は私と別れる気はサラサラないみたいよ」

「そんなはずがない。お前と葉月のどちらが当主の妻にふさわしいか、聞かずとも明白だ」

その結果、朔は華を選んだというのに、未《いま》だに巻き返せると思えるその勘違いはどこから来るのだろう。

祝言まで盛大に挙げたのを忘れたのだろうか。彼らもその場に立ち会ったのだから知っているはずだ。

「はあぁぁ……」

華は深いため息を吐く。

相手をするのが面倒くさくなってきた。

なにせなにを言っても会話が成り立たないのだ。

端《はな》から華の話を聞く気がまったくない。

自分の信じたいことだけを信じ、信じたくないことからは目を背けている。

今さら葉月が朔の妻に選ばれるなど起こり得ないというのに。

「めんどくさ」

やはり葉月を連れてこなくて正解だった。

こんな戯《ざ》れ言《ごと》を葉月に聞かせるのはかわいそうだ。

これまでだって両親の事情に巻き込まれ、振り回されてきたのだから。

「そんなに一瀬を偉くしたいなら、人の手を借りず自分ですればいいんじゃないの？

あー、でも無理かぁ。虫の式神だもんねー」

ニヤリと華が意味深に笑うと、父親が初めて怯《ひる》んだ。

「トンボなんだって？　私には蝶《ちょう》の式神だからって散々馬鹿にしてたくせに、自分だって虫の式神じゃない。よくそれで人をどうこう言えたもんだわ」

華自身は虫の式神だろうが、大事な存在に変わりはないのでなんと言われようと構わないが、父親は違う。

案の定、羞恥心《しゅうちしん》に体を震わせている。予想以上にクリティカルヒットしたようだ。

「ど、どうして知っている……」

「優秀なお兄様が教えてくれたのよ」

「あ、あいつめ……」

声まで震わせて怒りを押し殺している。

彼にとって虫の式神という事実はよほど汚点のようだ。恥ずべきことなどなにもないのに。

「憐《あわ》れね」

「お前になにが分かる！　跡取りとして生まれながら、虫の式神というだけで笑われ、父親には失望され、息子に地位を脅かされてきたんだ。式神が虫というだけでだぞ！　そんな馬鹿な話があるか？　式神ですべての能力が決まるわけじゃない。それなのに、どいつもこいつも俺を無能扱いしやがって！」

「だから同じ虫の式神を持った私を蔑《さげす》んで、人型の式神を得た葉月に固執したってわけ？　でもね、葉月はあなたの都合のいい道具じゃないのよ。ちゃんと生きて息をして心を持ってる。葉月の人生は葉月のものよ。あなたのものじゃない」

「じゃあ、どうしろというのだ!?　私が有能であることを示すためには、葉月が必要だった。私は人型の式神を持つ天才の親だ。無能であるはずがない。そうだろう？」

勝手すぎる。

父親が考えているのは子供のことでも一瀬のことでもなく、自分自身のことだけだ。承認欲求を満たしたい。ただ、それだけのために動いている。

「なにを言っても伝わらない……か……」

落ち込んでいるわけではない。

けれど沈む気持ちがないわけではなかった。

この男はきっとこの先も変わらないと悟ってしまった。

誰のどんな言葉も、父親の前では意味をなさないのだろう。

そこでようやく華は母親を見る。

父親を止めるでもなく、父親に同調してきた人。

今も興奮する父親の後ろでうろたえたように様子を窺《うかが》っていた。

意思があるようでいて、流されるように生きているんだと感じる。

この人もきっと華の言葉程度では変わらないのだろうなと、失望と似た気持ちが浮かんでくる。

「あなたはもっと自分を信じるべきだった。トンボでもいいじゃない。私はあずはを恥じたことなんてない。誰かと比べたりするんじゃなく、自分のできることを全力で行《おこな》ったらよかった。跡取りの座が脅かされたからってなんだってのよ。そんなのくれてやればいいじゃない。そんなものより大事なものがあったんじゃないの？」

それは決してなににも代えられないものだったはず。けれど、父親に華の想いは届かない。

「子供が知った風な口を聞くな！　お前になにが分かる！　一瀬の長は私だ。その座は誰にも渡しはしない。私のものだ！」

目を血走らせながら叫ぶ父親には、もうなにも通じない。

深く深呼吸した華は、父親を視界から消し、雪笹と対峙《たいじ》する。

「鈴はどこ？　あの子になにかしてたら承知しないわよ」

「なにか勘違いしているようだが、あの娘を誘拐したのはお前の両親だぞ」

一瞬、両親に視線を向けたが、すぐに雪笹に戻す。

「でも、無関係ではないでしょう。あいつらが言ってたじゃない。あなたに協力してもらったって」

実はいい人なんじゃないかと思い直していたのに、こんな裏切りはひどい。

よりによって鈴に手を出すなんて、華をキレさせたいとしか思えない。

「あなたは葉月になんの用があったわけ？」

「……俺は一瀬葉月にはなんの興味もない。この場に連れてきたかったのは姉の方ではなく、お前だよ、一瀬華」

くくくっと静かに笑う雪笹は楽しげに華を見つめる。

すでに朔と結婚している華を『一ノ宮』ではなく『一瀬』と呼ぶのは、ただの言い間違えか、あえてなのか。

「私？」

いぶかしげに眉根《まゆね》を寄せる華。

「親友だけではお前を釣りあげられるか確信が持てなかったからな。けれど双子の姉を餌にすれば確実にここにおびき出せると踏んだんだ。まさか姉のふりをしてやって来るとは予想外だったが、元々の標的はお前だったんだから手間が省けて嬉《うれ》しいよ」

なにを考えているのかさっぱり理解できない。

「なんのつもり？　わざわざ鈴を使ってまで、こんな廃工場に連れてこようとするなんて。鈴は無事なの⁉」

「さあ、どうかな？」

雪笹は不気味に微笑む。

華は強気に相対しながら、内心ではかなり焦っていた。

葉月をおびき出そうとしていたことから、おそらく両親の画策だろうと踏んでいたが、雪笹までいることはまったくの予想外だった。

昼間の謝罪があったために、完全に気を抜いていたのは華の落ち度だ。

やはり簡単に他人に気を許すものではなかった。

両親だけだったらなんとかできると、嵐を葉月のお目付役に置いてきてしまった。

漆黒の術者相手に、華がどこまでのことができるか、雪笹の実力を知らないために予想ができない。

しかも、この場所のこともずっと気になっている。

協会が立ち入り禁止にしているると聞いているが、その理由までは知らない。

けれど、先程から嫌な予感がしてならないのだ。

早くここから出ろと、華の勘が警戒音を発している。

「悪いけど、手っ取り早くフルボッコにさせてもらうわよ。葵、雅」

華が呼ぶと、二人の式神が姿を現した。

二人ともやる気満々で、葵は大剣を、雅はピコピコハンマーを手にしている。

雪笹ときたら人型の式神を見ても顔色一つ変えやしない。

対処可能だとでも言うのだろうか。

舐《な》められているようで華はわずかに苛立《いらだ》つ。

「今なら降参させてあげるけど、どうする？」

なったばかりとはいえ、漆黒の術者が相手で内心では冷や汗だらだらだったが、華はそんな素振りは一切見せずに、どこまでも強気に笑ってみせた。

卑怯《ひきょう》な手を使う両親と手を組んだ奴に弱気な姿を見せるなど、華のプライドが許さないのだ。

「なんだ……。どういうことなんだ。人型の、式、神？　華の式神なのか？　だが、蝶の式神のはずだ。しかも二体もなんて、そんなのはあり得ない……」

呆然《ぼうぜん》としたように呟《つぶや》くのは、父親だ。

落ちこぼれと散々蔑んでいた華が、優秀な柳すら持っていない人型の式神を得ていると知り、今どんな気持ちなのだろうか。

詰め寄ってやりたいが、雑魚《ざこ》に構う余裕は今はない。

「さっさと鈴の居所を吐きなさい」

攫《さら》ったのが両親だと言うなら、両親を殴り飛ばしてでも吐かせればいい話なのだが、その間雪笹が静かに待っていてくれるとは限らない。

雪笹をどうにかしなければ……。

そう思っていると、雪笹は突然スマホを取り出す。

通話中になっている画面を華に見せつけるように持つと、ニヤリと口角を上げる。

「今、お前の友人と一緒にいる俺の仲間と電話が繋《つな》がっている。俺に手を出した瞬間、俺が指示を出したら、親友がどうなるかな？　試してみるか？」

これ見よがしに挑発する雪笹に、華は歯嚙《はが》みする。

「葵、雅、動かないで」

下手に手を出せず身動きできないでいると、突然ガンガンガンという破壊音と共に建物がわずかに揺れた。

「な、なに？」

「おっと、そろそろおでましか」

動揺する華とは違い、冷静な雪笹は華に背を向けないようにしながら出入り口の扉へと向かう。

「ちょっと！」

華が慌てて追いかけるが、雪笹に手が届く前に扉が閉められた。

開こうとするが、向こう側から押さえられているのかびくともしない。

華は無駄だと分かりつつダンダンと扉を叩《たた》く。

「開けなさい」

次の瞬間、建物全体に強力な結界が張られたのを感じた。

それはこれまで華が見てきた中で一番と言ってもおかしくない強さのもので、華が力をぶつけてみても揺らぎすらしない。

「は？　なに、どういうこと？」

わけが分からずにいると、扉の向こうから雪笹の声がする。

「今、三光楼の複数の術者が結界を張った」

三光楼が得意とするのは守りだと葉月から聞いたことを思い出す。

五家の中でもっとも強固な結界を張る力を持っている。

そんな三光楼の術者が複数で張った結界なら、華一人で太刀打ちできるはずがない。

「私をここに閉じ込める気？　あなたなにがしたいのよ！」

雪笹の思惑が分からない。

「そこにお前のために用意したプレゼントを置いておいた。受け取ってくれ」

「はあ!? プレゼントってますます意味分かんないんだけど」

華は叫ぶが、それ以降雪笹の声は聞こえてこない。

完全に閉じ込められた華は途方に暮れる。

「主様《あるじ》」

「主〜」

雅と葵がそろって困ったように眉《まゆ》を下げている。

けれど困ったのは華も同じ。

もう一度扉に蹴《け》りを入れてみるが、やはり結界によって開かない。

その間にも感じる嫌な気配がどんどん強まっていっている。

そして、バリンッと、ガラスが砕けるような音が響いたかと思うと、一気に鳥肌が立つほどの強い負の力が襲ってきた。

「ひっ」

「な、なんだ？」

術者の中では弱く鈍い両親ですら感じることができる強い妖魔《ようま》の気配に、華の眼差《まなざ》しが鋭くなる。

「さっきから感じてた嫌な気配って妖魔だったの？」

華達がいる場所よりさらに奥から感じる強い気配。

ズルズルズルとなにかを引きずるような音が、次第に大きくなってくる。

「奥からなにか来る」

確信を持って告げると、葵と雅が武器を構えた。

強い。これまで遭遇してきた妖魔の中でもトップクラスにヤバイものを感じる。

ピリピリと肌を刺すような威圧感に、嫌でも額に汗がにじんでくる。

すると、それは突然やって来た。

奥からものすごいスピードで触手が伸びてくると、華達を襲う。

華はとっさに「展開！」と叫んで、自分達の周りに結界を張ったが、それはやすやすと壊される。

反射的に張った結界だったので強固なものを作れなかったせいであるが、ひとまず攻撃を防ぐことはできた。

だが、華のように結界を張ることすらできなかった両親は、触手に捕まり天井高く釣り上げられた。

「うわぁぁぁ！」

「きゃあぁぁ！」

思わず舌打ちする華。

自分達のことに手一杯で、離れた場所にいた両親にまで結界を張る余裕がなかった。

両親が自らの力で脱出してくれればよかったが、二人は叫ぶだけでなにもできないでいる。

「た、助けてくれ！　三光楼様！　三光楼様はどこだ!?」

「早くなんとかしてぇ！」

騒ぐことだけは一人前な両親を、葵がじとーっと睨《にら》む。

「なあ、主。あれあのまま捨てていかないか？」

「葵の言う通り、ゴミは棄ててましょう」

雅はゴミ呼ばわりだ。

華も一瞬雅と同じことを思ってしまったが、すんでのところで思い直す。

「いやいや、さすがにそれは駄目でしょう」

あの二人がどうなろうがざまあみろとしか思わないが、人として放置してはおけない。

さすがに妖魔の餌食《えじき》にされたら寝覚めが悪い。

「えー、助けるのか？」

「不満そうにしないの。そりゃここでくたばってくれたらいろんな問題が解決するけど、助けないわけにはいかないでしょうに」

葵は不満げな様子ながらも「分かった」と従う。

「仕方ありませんね。けれど、妖魔と間違って攻撃してしまっても事故で済みますよね？」

雅はなんとも楽しげな黒い笑顔でピコピコハンマーを構えた。

葵はその手があったかと言わんばかりにはっとすると、二人そろって凶悪な顔に変わった。

「うふふふふ」

「ふへへへへ」

なにやら目的が変わってきている気がするが、結果的に妖魔が倒せれば問題ない。

「よっしゃ。行くぞ、雅」

「ええ。葵、ちゃーんと狙いを定めるんですよ。ちゃんとね」

「分かってるって」

二人は戦いに赴くとは思えないほど楽しそうに駆けていった。

その光景をやれやれと見守っていた華は、まだ姿を現さない触手の本体を探して奥へと向かう。

「あっ、間違ってしまいましたー」

「きゃあ！　それは私の足よ！」

「おっと、手が滑ったー」

「ひぃぃぃ」

背後から両親の悲鳴と、葵と雅のわざとらしい声が聞こえたが、今は構っていられないと無視を決め込む。

触手からの攻撃を軽快に避《よ》けながら触手の繋《つな》がる先を辿《たど》っていくと、奥の部屋にムチムチに肥え太った妖魔がいた。

「うへぇ、気持ち悪い」

これまで見てきた妖魔の中でも特に不気味な姿をしたそれは、部屋の中いっぱいに詰まっており、大きすぎて部屋から出られなくなっているようだ。

代わりに体から生えた触手を伸ばして扉から外に出ようとしている。

ふと足下を見ると、廃工場の敷地に入る時にも張ってあったものと同じロープが千切れて落ちていた。

入る時には気にしていなかったが、よくよく観察してみると、わずかに術者の力を感じる。

「なるほど。このロープを媒体にして結界を維持してたわけか」

協会がここを立ち入り禁止にしていた理由が分かった。

おそらくはこの妖魔をここに封じていたのだろう。

先程の激しい音と揺れは妖魔が結界を破った時のもの。

「なんだってこんなものを退治せずに封じてるだけなのよ」

その封印も解かれてしまった。

雪笹はこのことを知っていたのだろうか。

なら何故倒さず放置したのか。しかも我先にと逃げ出し、華を閉じ込めている。

「うーん。いまいち理由がはっきりしないのよねぇ」

目的がなんなのかまったく分からない。

「そもそも鈴は無事なんでしょうね」

工場内はそんなに広くない。

他に人がいる様子はなく、鈴がこの工場内にいないのは確かだ。

そのことに安堵《あんど》すると同時に、鈴の安否が心配だった。

「分からないことが多すぎる。まあ、とりあえずこのおデブを退治するしかないか……」

朔には廃工場へ行くと留守電を残しておいたので、いつかは気づいて助けに来てくれるだろう。

それまでに華がやれることを済ませる。

「展開」

　不気味な姿から発せられている、鳥肌が立つほどの強い気配。

　手加減してはいられないと強固な結界を張る。キンッとかすかな高音と共に結界が完成する。

　後は滅するだけ。

「め――」

　しかし、突然妖魔《ようま》が激しく暴れ出すと張られていた結界が一瞬で崩壊した。

「嘘ぉ!?」

　ぎょっとする華は慌てて妖魔から距離を取る。

　襲ってくる触手が華を絡め取ろうとするも、間一髪のところで避けていく。

　華は避けるのに必死で攻撃する暇がない。

「葵！　雅！」

　華が叫ぶように二人を呼ぶと、少しして慌てたように葵がやって来た。

「主《あるじ》、大丈夫か？」

「雅は？」

「あっちはあっちで手一杯なんだよ。お荷物がいるし急に触手が増えて、なんとか俺だけ抜け出して来られた。こいつ触手を切ったら分裂しやがったんだよ。早くしないとあっちにいる雅もお荷物を守り切れないぞ」

「くそぅ～。妖魔の分際で小癪《こしやく》な」

華は手に力を集めると、それを妖魔目がけてぶん投げた。

まるで爆弾にでも当たったかのように爆発音を立てて破裂した力は、妖魔を真ん中から引き裂いた。

「よし！」

効果的だと喜んだのもつかの間、裂けた部分が急速に修復されていくではないか。

「こいつ回復力もヤバイわね」

しかし、修復に力を使ったのか、先程より小さくなっていた。

そこに光明を見いだした華は、再び力を集めたものをぶつけ、修復する前にさらに連続で投げつける。

「葵。私はこいつに攻撃しまくるから、その間触手が私の邪魔にならないようにしてちょうだい」

「分かった。主お得意の力業だな」

「脳筋みたいに言わないでよ！」

学校でも力は強いが頭は弱いと憐《あわ》れみを向けられているのだから、華にはデリケートな話題である。

「うりゃうりゃうりゃ！」

少々やけくそ気味に連続して力をぶつけていくと、妖魔は次第に小さくなっていく。

「よーし！」

この勢いでいけば大丈夫だと確信を持って攻撃を続けると、最後の足掻《あが》きとでもいうように、妖魔から触手が大量に出てきた。

「うげっ！　気持ち悪い……」

妖魔は邪魔しているのが華と分かっているようで、華目がけて攻撃を集中させてくる。

これに騒ぎ出したのは、華を守っている葵だった。

「ちょちょ、主、これはさすがに俺でもヤバイ！」

「私も手が離せないんだからなんとかして！」

「いやいやいや、これちょっと本気でヤバイって。あずは姉、なんとかできるか？」

葵はたまらずひらひらと触手をかわすあずはに助けを求めるが、あずはからは至極簡潔な言葉が返ってくる。

『無理』

「マジか」

葵の顔には焦りが滲《にじ》んでおり、葵も葵で切羽詰まっていることが窺《うかが》える。

「あずははさっきからそいつに幻惑をかけてるんだけど、どうもあずはと相性悪いみたいなの。もうちょっとだから葵が頑張って」

余裕がなさそうにしながらも攻撃する手を休めない華に、葵の守りをすり抜けた触手が当たる。

「つぅ！」

華は弾《はじ》き飛ばされ、壁に体を強《したた》かに打ちつける。

背中に激痛が走り、一瞬息が止まったが、そんなこと気にしてなどいられない。

「これが最後よ。食らえ！」

残った力すべてを込める勢いで力を投げつけた。

すでに大きなダメージを受けていた妖魔は、触手を暴れさせながらさらにどんどん小さくなり、そのまま消えていった。

静寂が場を支配する。

妖魔の消滅を確信した華は深いため息を吐いた。

「はあぁぁぁ……。終わった……」

「主、大丈夫か!?」

『あるじ様』

壁に叩《たた》きつけられた華を心配して葵とあずはが寄ってくる。その時。

「ダーリ～ン～」

　どこからともなく現れた椿が、後ろから葵に抱きついた。

「ぎゃあぁぁぁ！　お前どこから来やがった！」

「やだ～ん。ダーリンのいるところなら椿はどこでもいるよ～」

「いんな！」

　椿の登場で一気に緊張感が崩壊したのを感じる。

　ぎゃあぎゃあと騒ぐ葵と椿を呆《あき》れたように見ていると、出入り口のある部屋にいた雅がやって来た。

　雅は壁にもたれかかって動けないでいる華を見て心配そうに寄ってくる。

「主様！　大丈夫ですか？」

「平気平気」

　雅を心配させないように強がっているが、今すぐに立てない程度には背中が痛い。

「椿がいるってことは結界が解かれたのかな」

「そのようです。先程朔様が華様のお兄様とご一緒に中へ入って来られましたよ」

「じゃあ、私も移動するか。雅、悪いんだけど肩貸して」

「さっき平気とおっしゃったではありませんか。肩を借りねばならぬほど体を痛めておられるんですか？」

「あははは……」

笑って誤魔化そうとしたが、雅は目をつり上げた。

「あははではございませんよ！　ここでしばらく休んでください」

「ごめんって。でも両親のこともあるし、いかないわけにはいかないでしょ」

華を第一に考える雅は不服そうだったが、華が言い出したら聞かないのを知っている。

雅は椿とイチャついている葵をギッと睨《にら》むと、ピコピコハンマーをぶん投げた。

見事なコントロールで葵の頭に命中すると、葵の意識がようやくこちらへ向く。

「葵、イチャつくのは後にして主様を抱っこしてください」

「イチャついてるんじゃねぇ！……てか、主、大丈夫なのか!?」

「大丈夫ではないから頼んでいるんです。主様を休ませたいのですから早くしてください」

「あ、ああ」

葵は華に注意しながらゆっくりと抱きあげる。

「やだ、いいなぁ。ダーリンのお姫様抱っこ～」

椿は指をくわえて羨《うらや》ましそうに華を見ているが、さすがに負傷している華に降りろとは言わない。

言っていたら雅から鋭い眼光が飛んでいただろう。

葵に横抱きにされたまま両親がいる部屋へ戻ると、顔面蒼白《そうはく》で座り込む両親を、冷たい眼差《まなざ》しの朔と柳が見下ろしていた。

二人に威圧され、活《い》きだけはよかった両親も静かにしている。

「朔」

華が声をかけると朔達の視線が華に注がれる。

葵に抱っこされている姿に朔は目を見張った。

「どうしたんだ？」

「妖魔《ようま》との戦いでちょっとね。それよりどうして電話に出なかったのよ。来るのが遅い」

「あー、それは悪かったな」

どこかばつが悪そうに華から視線を逸《そ》らす朔。

「ここにいた妖魔は倒したんだな？」

「ええ。あんな気味悪いの、なんで封じたままで放置してあるのよ。なにより鈴よ！　鈴はどこ行ったのよ、クソ親父！」

葵に抱っこされたまま暴れたので、葵は落とさないようにあたふたしている。

「落ち着け。お前の友人は無事だ。ちゃんとこちらで保護してある」

今にも摑《つか》みかからん様子の華を、朔がなだめる。

「そうなんだ」

華はようやくほっとした顔を見せた。

朔は再び両親の前に立ち、見下ろす。

華には向けられることのない一ノ宮当主としての厳しい眼差しが、立ちあがる気力すらない両親を射貫《いぬ》く。

「今回はずいぶんと面倒を起こしてくれたものだな」

「朔様……我々はただ……」

「言い訳は不要だ。お前達は三光楼の分家にあたる娘を誘拐したんだぞ。それがどれだけ大それたことか分かるか？　一つ間違えば一ノ宮と三光楼が仲違《なかたが》いしかねない大変な問題だ」

「それはすべて葉月のために……」

「黙れ」

ぴしゃりと諫《いさ》められ、父親は蒼白になって口を閉じた。

息子ほど年の離れた朔に叱られている姿は爽快《そうかい》である。

華には罵声《ばせい》が尽きない両親も、朔に対しては借りてきた猫のように大人しい。

最初からそのように大人しくしていればよかったものを。

「三光楼には俺が直々に頭を下げることで許しを得た。一ノ宮当主であるこの俺に頭を下げさせたんだ。それがどれだけ一ノ宮を辱めることになったか分からないとは言わせないぞ」

「それは……その……」

父親は冷や汗が止まらないようだ。

母親も言葉がないようで、ひたすら下を向いている。

「三光楼との諍《いさか》いを起こしかねない事件を引き起こしたお前達には、それ相応の償いをしてもらわなければ三光楼側にも申し訳が立たない。今すぐに家長の座を柳に引き継ぎ、お前達は隠居しろ」

「そんな！」

まるで死刑宣告をされたかのように悲壮な顔をする父親を、華は冷めた眼差しで見ていた。

はっきり言って自業自得だ。

「なんだ？　不服か？　こんな問題を起こしたお前らに、文句を言える権利が与えられるとでも思っているのか。恥を知れ！」

朔の激しい叱責《しっせき》に、両親はびくりと体を震わせ身をすくめた。

「お前達に選択肢は与えていない。反対しようと無意味だ。この時をもって、一ノ宮当主の権限で一瀬柳を一瀬の長とする！　柳、それでいいな？」

「承知いたしました。この度は我が血縁者がご迷惑をおかけして申し訳ございません」

柳は朔に跪《ひざまず》き頭を下げる。

「両親はただちに田舎へ送れ」

「かしこまりました。朔様の恩情に感謝いたします」

つまり、隠居させるだけで目立った罰は与えないということ。

人ひとり誘拐しておいてずいぶん甘い対応だ。

「いっそ警察に突き出して牢屋《ろうや》に入れてやればいいのにと華は思うが、それでは一ノ宮も管理不行き届きで他家からやり玉に挙げられる。

せっかく三光楼には頭を下げて許してもらったのに無意味になる。

それに綺麗《きれい》なまま柳に一瀬の家を渡すためには、身内から犯罪者を出すわけにはいかない。

一応一瀬は華の実家でもあるのだから、大事《おおごと》にはしたくないということなのだろう。

どうやら落とすべきところに落とせたようだ。

意気消沈した両親を柳が連れて出ていく。

これで問題は解決したかと気を抜いたその時、パチパチと拍手する音が響いた。

「いやあ、これでめでたしめでたし。おめでとう」

拍手しながら割って入ってきたのは、両親の協力者のはずの雪笹だった。

胡散臭《うさんくさ》い笑みを浮かべながら近づいてくる雪笹に、華は迷わず力を集めて投げつけた。

手加減のない攻撃に雪笹は頬を引きつらせている。

「ちょい待ち」

「待つか、このチャラ男が！」

華は背中の痛みも忘れてバンバン攻撃する。

焦りに焦る雪笹は朔に助けを求めた。

「おい、朔！　お前の嫁をなんとかしろ」

朔はやれやれと肩をすくめて華の手を下ろさせる。

「落ち着け、華」

「これが落ち着いていられるかっての！　なんで止めるのよ。こいつが諸悪の根源じゃないの!?」

両親の協力者だったことを忘れてはいない。

「それらは全部カモフラージュだ」

「……は？」

意味が分からず動きが止まった華に朔が続ける.

「こいつには華の両親を失脚させるために協力してもらっていたんだ」

「いや、意味が分かんないんだけど！」

「ちゃんと説明してやる。以前に柳からも両親がなにかやらかすかもしれないと忠告されていただろう？」

「うん……」

「ああいう小物は時々とんでもないことをしでかすからな、できるだけ管理下に置いておきたかったんだ。そこで、雪笹を両親に接触させて、協力者のふりをして両親の動向を逐一報告してもらってた」

開いた口が塞《ふさ》がらない華がゆっくりと雪笹に顔を向けると、雪笹はニカッと歯を出して笑いながら親指を立てた。

「そゆこと～」

「じゃあ、鈴は？」

「あの子か。お前達双子をここにおびき出すためにあの子を人質にするって計画を言い出したのは俺。あの両親を失脚させるための理由が欲しいって朔が言うからさ、それならって。さすがに他家の分家の子を巻き込んだら相応の理由にはなるだろう？」

「三光楼に朔が頭を下げたって……」

「う、一応は俺に頭下げてたな。二ミリぐらい」

話を聞いていくに従い、だんだん華の目が据わってくる。

「その子もちゃんとすぐに回収してうちの者に送らせたから、今頃普通に家に帰ってると思うぞ」

「ここにいた妖魔は？」

「あー、それは俺が協会から任された任務だ。けどあの両親にかかりっきりだったせいで暇がなかったから、朔に代わりの奴を用意してくれって頼んだらお前を指名してきたわけ」

ギッと華が朔を睨《にら》むと、朔はさっと視線を背けた。

「俺としても朔の嫁の実力が知りたかったからウィンウィンってわけだな。こんな短時間であの妖魔《ようま》を倒すなんてすごいじゃないか、あはは」

雪笹は悪びれる様子もなく楽しげに笑った。

しかし、知らぬうちに面倒ごとに巻き込まれた華が笑えるはずもない。

「……葵、下ろして」

怒りに震える華の小さな呟《つぶや》きを聞き取った葵は、おそるおそる華を下ろす。

そして、へらへらと笑っている雪笹の前に立つと、華は手を振りあげた。

「歯ぁ食いしばれ！　このクソボンボンがぁぁぁ！」

「がっ！」

強烈な一撃を受けてしゃがみ込む雪笹を見下ろしながら、華はフンッと鼻を鳴らした。

＊＊＊

それは、華が雪笹と初めて接触した日の翌日こと。

学校の臨時講師の依頼を受けた雪笹が仮の住まいにしている屋敷に戻ると、家人に慌てたように出迎えられた。

「雪笹様。一ノ宮のご当主がお見えです！」

「あー」

雪笹はやっぱり来たかと心の中で思いながら、苦虫をかみつぶしたような顔をする。

きっと嫁と接触したことに文句を言いに来たのだろうと予想していた。

けれど雪笹はあまり問題にはしていなかった。

雪笹の知る朔は、どんな女にも本気にならない冷めた性格をしていたから。

一瀬華を嫁にしたのも、柱石の結界のためだけに選んだに違いないと確信していた。

情報では強い力を持っているのは姉の葉月の方だと聞いていたのに、実際に会ってすぐに分かった。

姉よりも妹の方が遙かに強い力を持っているのを。

雪笹は虫の式神に対して弱いというイメージしか持っていなかったが、華の連れていた蝶《ちょう》の式神は、そんな雪笹の常識を軽く吹き飛ばしてしまうほどの強い力を持っていた。

隠しているようだったが、あれは相当な強さだ。

よくもまあ、あれほどの力を持つ伴侶《はんりょ》を見つけてきたものだと雪笹は感心する。

自分が先に見つけていたら嫁に欲しいほどの逸材だ。

そう考える雪笹もまた、当主の伴侶に愛だの恋だのという感情を持ち込むつもりはなく、朔も雪笹と同じく純粋に力だけで選んだと思っていた。

柱石を守る結界師は、国のためにいろいろなものを諦《あきら》め受け入れなければならない。

そうでなかったとしても、雪笹はどこか女性に対して冷めたところがある。

そんなところが朔とは気が合っていたのだ。

付き合わされた華は気の毒ではあるが、国のためには必要な犠牲だ。

雪笹はそんな風に考えながら朔の待つ部屋へと向かう。

部屋に入るや、不機嫌全開の朔が待ち構えており、雪笹の胸倉を摑《つか》むと、挨拶《あいさつ》もないまま鳩尾《みぞおち》を殴りつけた。

「ぐっ！」

痛みに顔を歪《ゆが》ませる雪笹に構わず、朔はさらに拳《こぶし》をグリグリとえぐるようにめり込ませる。

たまらず腹を抱えて座り込んだ雪笹を、朔は凍るような冷たい眼差《まなざ》しで見下ろした。

「くそ痛《いて》ぇ。なにしやがんだ、朔。この野郎」

息も絶え絶えに文句を告げれば、朔の足が動く。

雪笹はとっさに逃げたために当たらなかったが、その場にいたらボールのように強く蹴《け》られていただろう。

雪笹の代わりに、襖《ふすま》に穴が開いてしまった。

その容赦のない行いに朔の本気が見え、雪笹は冷や汗を浮かべる。

「おい、朔。洒落《しゃれ》になんねぇぞ」

「当たり前だ。冗談のつもりはない」

「なんなんだ急に」

「……華にされたことへの礼をしてやってるだけだ」

朔の表情は無であったが、その目には明確な怒りが見える。

「華ってお前の嫁だろう。ちょっと挨拶しただけじゃねぇか」

「華の腕にアザができてた。お前のせいだろ」

「ちょっとばかり強く摑んだだけだ。それより、いつ嫁と離婚するんだよ？　国のためとはいえ女の相手するなんて嫌だったろ？　俺も面倒だけど当主になるからには仕方ないよなぁ」

「……ちょっと？」

へらへらと笑う雪笹の言葉に朔の眉《まゆ》がぴくりと動き、その顔が怒りに満ちた。

再び胸倉を掴んで拳を叩《たた》き込もうとする朔を雪笹は必死で止める。

「おいおい、落ち着け」

雪笹には朔が何故そこまで怒っているのか分からないのだ。

朔は雪笹を掴んだまま、壁に勢いよく押しつける。

「いいか、二度目はない。俺の華に手を出すな」

その本気の眼差しに、雪笹は呆気《あっけ》にとられながら頷《うなず》く。

「わ、分かった。二度としない……」

ぽかんとした表情ながら受け入れた雪笹に納得したのか、朔はふんと鼻を鳴らして
ようやく手を離すと、「帰る」と言って部屋を出ていこうとした。

捨て台詞《ぜりふ》のように「言っとくが華と離婚する気はない！」と宣言までして。

雪笹はそんな朔の様子を信じられない思いで見つめる。

「えっ、マジでそれだけのために来たのか？」

「それ以外になにがある？」

「いやいや、他にあんだろ？　俺、漆黒に受かったんだぜ？」

「だから？」

表情一つ変えずに言葉を返す朔は、至極どうでもよさそうだ。

そのあまりの興味のなさに雪笹はがっくりとする。

「そこはおめでとうとかあるんじゃねぇのか。友達だろう」

「お前と友人になった覚えはない」

ばっさりと切り捨てる姿は、雪笹のよく知る朔だ。

無表情で、氷のように冷たく、他人を入り込ませない鉄壁のガードで己を守り、全身で世界を拒絶していた昔を思い出させる冷めた性格。

「そんなつれないこと言うなよ。お詫《わ》びになんでも一つ言うこと聞いてやるから」

冗談めかして明るく話しかけると、朔が考え込むように顎《あご》に手を置いた。

そして、なんとも凶悪に笑ったのである。

雪笹は自分の発言を撤回したくなった。

「だったら働いてもらおうか。ちょうどゴミを片付ける人手が欲しかったところだ」

鬼も裸足《はだし》で逃げ出しそうな極悪な朔に、雪笹は頬を引きつらせた。

「余計なこと言わなきゃよかった……」

そこで聞かされた一瀬の現状と、今回の落とし所。

ミッションとしては一瀬のゴミを排除して、柳を当主に一瀬を新しく生まれ変わらせること。

最年少で瑠璃《るり》色《いろ》を手にした柳のことは、雪笹もよく知っているので、柳に一瀬を引き継がせることになんら不服はないが、何故他家の自分が巻き込まれるのか納得がいかない。

不服そうにしたら朔の鋭い眼光が飛んでくるので、文句すら言えないではないか。

「朔さ、なんか変わった？」

「なにがだ」

「なんて言うか、こう雰囲気が前のお前とどっか違う気がする」

「そん――」

朔がなにかを言わんとする言葉に被《かぶ》せるように「それは愛の力じゃないかな～」と、突然椿が割って入ってきた。

「ご主人様は華さんへの愛に目覚めたんだよ～ん。私がダーリンを愛してるように～」

「椿、余計なことを言うな」

チョップを入れられて椿は含み笑いをしながら消えていった。

「華……。嫁とは仲いいのか？」

「夫婦だから当然だ」

素っ気ない風を装っているが、夫婦と口にする声は穏やかで優しく聞こえた。

「ふーん」

その時は多少は仲よくやっているのかと感心していた雪笹だったが、すべてが終わり、実際に二人が一緒にいるのを目にして間違っていたと悟る。

「朔ー！　なに人を勝手に利用してんのよ！　一発殴らせなさい。そんでもって今度こそ離婚だ、離婚！」

「仕方ないだろ。すべてを穏便にまとめるためにはだな」

「どこが穏便だ、馬鹿野郎。めちゃくちゃ修羅場ってたわっ！」

言い合いをする二人を、雪笹は呆《あき》れたように見ている。

「葉月も鈴も無事だからよかったものの、もし葉月が一人でここに来てたらどうするつもりだったのよ」

「その場合のプランBもちゃんとあるから安心しろ」

「ドヤ顔で言うことじゃなーい！」

すると、突然華が痛そうに顔を歪めてしゃがみ込む。

「いたた……」

それまで意地悪く笑っていた朔は顔色を変え慌てて華に近寄った。

「華、大丈夫か？」

「妹陛のせいで壁に吹っ飛ばされたのよ。めちゃくちゃ痛いんだから」

「悪い……」

心配そうに華を窺《うかが》う朔の表情に嘘はなく、心から華を案じているのが伝わってくる。

朔は華をふわりと抱き上げた。

「わわわ、朔、下ろして！」

「痛いなら大人しくしていろ。すぐに治療した方がいい」

華に優しく笑いかける朔は、雪笹の知る朔とはまるで別人のようだ。

廃工場の外に待たせていた車に華を乗せた朔が、一度雪笹を振り返る。

「雪笹、後は任せたぞ」

「おー」

ひらひらと手を振ると、朔は車に乗っていってしまった。

残された雪笹は苦笑する。

「あの朔がずいぶんと変わったな」

華が朔のことを感情豊かと評していた時には信じられなかったが、確かに華といる時の朔はころころと表情が変わる。

けれど決して悪い意味ではない。

とても肩の力が抜けているように感じた。

「お前はいい嫁さん見つけたみたいだな」

雪笹の呟《つぶや》きは安堵《あんど》しているようだった。

＊＊＊

すべてが終わり、両親は翌日には田舎の別宅へ強制的に引っ越しさせられたらしい。使用人も、両親に近しい考えの人間は一新されたので、これまでよりずっと暮らしやすくなっただろう。

その手際のよさに、あらかじめなにもかも準備がされていたのだなと察せられる。

葉月共々、なにも知らされていなかった華は複雑な気持ちだ。

そんな華は妖魔との戦いで壁に叩きつけられたせいで、背中に大きなアザができてしまった。雪笹につけられた腕のアザがようやく消えたというのに、踏んだり蹴《け》ったりだ。

葉月は自分を責めていたが、これはすべて朔と雪笹が悪い。

しばらく学校を休むはめになったが、事件の翌日には鈴から電話がかかってきた。

その元気そうな声に華は安堵した。

鈴もなにも知らず誘拐されたものの、すぐに助けられてそこである程度の事情を知らされたようだ。

　華のためならと協力してくれた鈴だが、最初はわけが分からなくて相当怖かったと、なんとも明るく話してくれた。

　鈴まで巻き込んでしまい、華は申し訳なくて仕方ない。

　今度こそ離婚だと大騒ぎする華は、朔から慰謝料という名の高級フレンチフルコースを提示されて、ころりと離婚を撤回した。

　どうやら朔は美桜からお説教されたらしい。

　まだ学生の華に、漆黒が相手をするような妖魔となにも知らせずに戦わせるとは何事かと激怒したのだ。

　まったくもってその通りである。

　これまでにも華が朔の仕事を手伝うことは何度かあったものの、それらはちゃんと華の手伝う意思があったので美桜も静観していたが、今回ばかりは不意打ちだった。

　かねがね、華が漆黒の案件を手伝うことにハラハラしていた美桜の我慢が限界を突破したのだ。

　それに加え、朔と結婚してから華の生傷が絶えない気がして、やはり早々に離婚すべきではないかと、葵と雅も愚痴っていた。

　さすがの朔も母親には形なしのようで、大人しく説教を聞いていたらしい。

そんなことがありながら、背中の痛みもだいぶ回復してきた頃、柳が華と葉月に会いに本家を訪れた。

兄妹《きょうだい》三人だけの空間で、柳は話を切り出す。

「両親は離れた場所で監視付きで隠居させた。今後はお前達が望まない限りは接触してくることはないだろう」

それはなによりだと喜ぶ華とは違い、葉月はまだ完全には情を捨てきれないらしく、少々複雑そうな顔をしていた。

それでも、柳の決定に否を唱えるつもりはないようで、静かに頷《うなず》いた。

「屋敷内の人員も整理した。本当に一瀬のためにならないと思った者には暇を出した」

「紗江さんは？」

華にとって一番気になるのが紗江だったので、たまらず問いかける。

「彼女は変わらず一瀬で勤める」

それを聞いて華は安堵した。

華と葉月が今一緒にいられるのも、彼女がいればこそなのだ。

それなのに紗江が一瀬から追い出されてしまったら後悔どころではない。

葉月も小さく「よかった……」と呟いていることから、葉月にとってもなくてはならない存在であると感じる。

「そこでだ。葉月」

柳はいったん言葉を止め、やや緊張したように続ける。

「一瀬の家に戻ってこないか？」

「え？」

「もうお前を苦しめる両親はいない。好きなようにお前がしたいことをして過ごしていいんだ。ここは確かに華もいるが、俺と暮らさないか？」

葉月は柳の提案に驚いたようで、しばらくの沈黙が流れた後、こくりと頷いた。

「うん。お兄ちゃんと一瀬に帰るわ」

「えっ！　葉月、帰っちゃうの？」

せっかく葉月といられるようになった華は思わず声をあげる。

その顔には寂しいという感情が分かりやすく浮かんでいた。

「私も華といられて楽しかったけど、やっぱり本家の人間じゃない私が、本家にいるのはよくないと思うの。他の分家の目もあるし」

そんなもの放っておけばいいのにと、華は不満げだが、葉月が続ける。

「それに、お兄ちゃんをあの家に一人でいさせたくないから」

華から反論の言葉を奪う葉月の発言に、柳は目を見開く。

「私がいたらお兄ちゃんも寂しくないでしょう？」

葉月が微笑みかけると、柳は泣きそうな笑みを浮かべた。

「ああ。心強いよ」

微笑み合う二人を見て、華は身を乗り出す。

「それなら私も帰る！」

本気だったのだが、華がそう言った瞬間微妙な空気が流れる。

「華は駄目でしょう」

「なんで⁉」

「お前は朔様の嫁という自覚がないのか？」

ないのかと問われたら、まったくないと答えるしかない。朔相手に「好きかも」と言った言葉はすでに忘れ去られていた。

「分かった。ちょっくら朔と離婚してくる」

コンビニにアイスを買いに行くような軽さで、思い立ったが吉日とばかりに部屋を飛び出した華は、そのまま朔の部屋に乗り込んで離婚を突きつけた。

しかし、危うく襲われそうになって急いで逃げ戻ってくる。

「駄目だった……」

がっくりと肩を落とす華に、葉月と柳はなんとも言えない表情を浮かべる。

「華……」

「俺がお前を手放すわけがないだろ」

そうしてさほど日を置かず、葉月は柳と共に一瀬の家へと帰っていった。

寂しげに見送る華の肩を朔が抱き寄せる。

「会いたいと思えばいつでも会える」

「うん、そうね。朔と離婚すれば一瀬に帰ることになるんだし！」

ころりと表情を変えた華が吹っ切れたように明るく話すと、朔の口元がヒクヒクと引きつる。

「まだ言うか、こいつは」

こめかみに青筋を浮かべる朔は、有無を言わさず華の顎《あご》を引き寄せて唇を重ねた。

「んん～!!」

深い口づけがやむと、朔は不敵に笑う。

「お前は一生俺の嫁だ。諦《あきら》めて受け入れろ」

「馬鹿ぁぁ！　このキス魔！」

「褒め言葉か？」

「褒めてない！」

なんだかんだ喧嘩《けんか》しつつも仲のよい二人の上を、あずはがヒラヒラと飛んでいた。

本書は書き下ろしです。
この作品はフィクションであり、実在の人物・地名・団体等とは一切関係ありません。

結《けつ》界《かい》師《し》の一《いち》輪《りん》華《か》3

クレハ

令和5年 5月25日　初版発行
令和6年 5月5日　4版発行

発行者●山下直久

発行●株式会社KADOKAWA
〒102-8177　東京都千代田区富士見2-13-3
電話　0570-002-301（ナビダイヤル）

角川文庫 23668

印刷所●株式会社KADOKAWA
製本所●株式会社KADOKAWA

表紙画●和田三造

ISBN 978-4-04-113681-2　C0193

◆◇◇

角川文庫発刊に際して

角川源義

第二次世界大戦の敗北は、軍事力の敗北であった以上に、私たちの若い文化力の敗退であった。私たちの文化が戦争に対して如何に無力であり、単なるあだ花に過ぎなかったかを、私たちは身を以て体験し痛感した。西洋近代文化の摂取にとって、明治以後八十年の歳月は決して短かすぎたとは言えない。にもかかわらず、近代文化の伝統を確立し、自由な批判と柔軟な良識に富む文化層として自らを形成することに私たちは失敗して来た。そしてこれは、各層への文化の普及滲透を任務とする出版人の責任でもあった。

一九四五年以来、私たちは再び振出しに戻り、第一歩から踏み出すことを余儀なくされた。これは大きな不幸ではあるが、反面、これまでの混沌・未熟・歪曲の中にあった我が国の文化に秩序と確たる基礎を齎らすためには絶好の機会でもある。角川書店は、このような祖国の文化的危機にあたり、微力をも顧みず再建の礎石たるべき抱負と決意とをもって出発したが、ここに創立以来の念願を果すべく角川文庫を発刊する。これまで刊行されたあらゆる全集叢書文庫類の長所と短所とを検討し、古今東西の不朽の典籍を、良心的編集のもとに、廉価に、そして書架にふさわしい美本として、多くのひとびとに提供しようとする。しかし私たちは徒らに百科全書的な知識のジレッタントを作ることを目的とせず、あくまで祖国の文化に秩序と再建への道を示し、この文庫を角川書店の栄ある事業として、今後永久に継続発展せしめ、学芸と教養との殿堂として大成せんことを期したい。多くの読書子の愛情ある忠言と支持とによって、この希望と抱負とを完遂せしめられんことを願う。

一九四九年五月三日

ISBN 978-4-04-111883-2

ISBN 978-4-04-112648-6

贄《にえ》の花嫁

優しい契約結婚

沙川《すなかわ》りさ

大正ロマンあふれる幸せ結婚物語。

私は今日、顔も知らぬ方へ嫁ぐ——。雨《う》月《づき》智《とも》世《よ》、20歳。婚約者の玄永《はるなが》宵《しょう》江《え》に結納をすっぽかされ、そのまま婚礼の日を迎えた。しかし彼は、黒曜石のような瞳に喜びを湛えて言った。「嫁に来てくれて、嬉しい」意外な言葉に戸惑いつつ新婚生活が始まるが、宵江は多忙で、所属する警察部隊には何やら秘密もある様子。帝都で横行する辻斬り相手に苦闘する彼に、智世は力になりたいと悩むが……。優しい旦那様と新米花嫁の幸せな恋物語。

角川文庫のキャラクター文芸

ISBN 978-4-04-111873-3

転生義経は静かに暮らしたい

田井ノエル

源義経が転生したのは鎌倉の女子高生!?

鎌倉の神社の娘、牛渕和歌子《うしぶちわかこ》には前世——源義経《みなもとのよしつね》の記憶がある。でも今世は普通の人生を送りたいと願っていた。なのに入学した高校には、元・武蔵坊弁慶《むさしぼうべんけい》だというヒーロー系体育教師、武嗣《たけつぐ》と元・静御前《しずかごぜん》だという王子様系男子高生、静流《しずる》がいた！　２人からいきなり求婚され、鎌倉をさまよう悪鬼退治にも奔走する騒々しい日々が始まる。でも実は和歌子にはある前世の謎があって……。笑って泣ける現代転生ラブコメ×青春成長物語！

角川文庫のキャラクター文芸

ISBN 978-4-04-112399-7

大正幽霊アパート 鳳銘館《ほうめいかん》の新米管理人

竹村優希

秘密の洋館で、新生活始めませんか?

鳳《おおとり》爽良《そら》は霊が視えることを隠して生きてきた。そのせいで仕事も辞め、唯一の友人は、顔は良いが無口で変わり者な幼馴染の礼央《れお》だけ。そんなある日、祖父から遺言状が届く。『鳳銘館《ほうめいかん》を相続してほしい』それは代官山にある、大正時代の華族の洋館を改装した美しいアパートだった。爽良は管理人代理の飄々とした男・御堂《みどう》に迎えられるが、謎多き住人達の奇妙な事件に巻き込まれてしまう。でも爽良の人生は確実に変わり始めて……。

角川文庫のキャラクター文芸

ISBN 978-4-04-111427-8

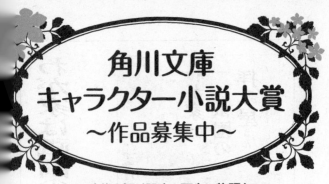